오후 네 시의 동물원

오후 네 시의 동물원

초판 1쇄 발행 2021년 5월 20일

지은이 서정아
펴낸이 강수걸
편집장 권경옥
편집 신지은 박정은 윤은미 강나래 최예빈 김리연
디자인 권문경 조은비
경영지원 공여진
펴낸곳 산지니
등록 2005년 2월 7일 제333-3370002510020050000001호
주소 부산시 해운대구 수영강변대로 140 BCC 613호
전화 051-504-7070 | 팩스 051-507-7543
홈페이지 www.sanzinibook.com
전자우편 sanzini@sanzinibook.com
블로그 sanzinibook.tistory.com

ISBN 978-89-6545-728-2 03810

＊ 본 도서는 2021년 부산광역시, 부산문화재단 '부산문화예술지원사업'으로
지원을 받았습니다.

오후 네 시의 동물원

서 정 아
소 설 집

산지니

차례

어딘지도 모르고

새 유리 어항으로 옮겨진 물고기들은 평소보다 빠른 속도로 헤엄쳤다. 아일랜드 식탁의 하얀 표면은 투명한 유리 어항을 더욱 돋보이게 해주었다. 경화는 식탁 앞에 서서 핸드 드립 커피를 내리기 시작했다. 여과지 속에 고르게 깔린 커피 가루에서 잘 부푼 소보로빵처럼 둥근 크레마가 솟아올랐다. 직접 로스팅을 하는 카페에서 사온 신선한 원두였다.

어항을 바꾸니 물고기도 좀 더 활기차 보인다고 경화는 생각했다. 새끼손가락 두 마디 길이의 작고 가느다란 그 물고기들은 처음 담겨 왔던 플라스틱 반찬통 안에서 일 년을 살았다. 당연히 금방 죽어버릴 거라고 생각했기 때문에 어항을 사달라고 아이가 조를 때마다 대충 핑계를 대고 넘어가곤 했었다. 푸른 몸에 흰 줄무늬를 가진 그 물고기들이 딱히 관상용으로 좋아 보이지도 않았다. 하지만 아이는 처음 키워보는 생명체에 무척이나 애정을 쏟았고 아침마다 잊지 않고 먹이를 챙겼다. 여과기나 산소 공급기도 없었는데, 일 년이 지나도록 한 마리도 죽지 않은 것은 의외였다.

저것들도 버리고 가자.

이사 전 버릴 것들을 정리하면서 진오가 말했을 때 경화는 고개를 저었다. 그녀 역시 물고기들이 그리 마음에 들어 키우는 것은 아니었지만, 이사를 앞두고 다섯 마리가 한꺼번에 죽었노라고 아이에게 말할 수는 없는 일이었다.

어차피 오래는 못 살 테니까. 그냥 민재한테 맡겨놓는 게 좋을 것 같아.

경화의 대답에 진오는 무슨 말인가를 더 하려다 말고 잡동사니들을 쓰레기봉투에 소리나게 던졌다. 애초에 어디서 물고기를 얻어와 민재에게 갖다준 것도 그였으면서 새삼 왜 그러는지 경화는 알 수 없었다. 새 집으로 이사하는 참에 잡다한 것들은 다 버리고 싶은 모양이라고 넘겨짚을 따름이었다.

갓 내린 커피향이 주방에서부터 집안 전체로 서서히 스며들었다. 경화가 하루 중 가장 좋아하는 시간이었다. 그녀는 등받이가 없는 하얀색 바 체어에 앉아 커피를 한 모금 마시고는 새 어항을 바라보았다.

칼라 샌드와 작은 수초로 장식을 했더니 제법 그럴싸해 보였다. 배경이 달라져서인지 물고기의 흰 줄무늬도 어쩐지 은빛에 가깝게 빛나는 것 같았다. 나중에 민재가 보면 얼마나 좋아할지를 생각하며 경화는 입가에 흐뭇한 미소를 띠었다.

무리를 해서라도 이곳으로 이사 온 것은 정말 잘한 일이라고 그녀는 생각했다. 은행 대출과 시댁의 도움을 받아야 했지만, 앞으로 오를 집값을 생각하면 몇 년 안에 상쇄될 것이었다. 지은 지 몇 년 되지 않은 아파트는 모든 것이 단정하고 고급스럽게 관리되고 있어서 이곳에 처음 들어오던 순간 경화는 다른 사람이 된 것 같은 느낌을 받았다. 근처의 편의 시설이나 잘 조성된 학원가 역시 더할 나위 없이 좋았다. 이제 뭐든지 나아질 거야, 그렇지? 그녀는 검지손가락을 구부렸다 펴면서 유리 어항을 톡톡 두드렸다. 어항 벽면을 따라 유영하던 물고기들이 수초 속으로 몸을 감췄다.

사고를 낸 것은 지난 달 중순이었다. 진오는 그날을 생각하면 아직도 운전대를 잡은 손바닥이 땀으로 흥건히 젖는 것만 같았다. 동트기 전의 이른 출근길이었고 피로한 눈을 여러 번 깜박이며 주차장을 빠져

나와 왕복 4차선 도로를 지나가고 있을 때였다. 공사 중인 구간의 중앙선 갓길을 표시하는 구조물들 사이에서 한 할머니가 나타났다. 급브레이크를 밟았으나 이미 큰 충격음을 내며 튕겨져 나간 후였다. 할머니는 구급차에 실려간 후 병원에서 숨을 거뒀다.

죽은 할머니는 공교롭게도 그가 사는 아파트의 청소 용역 일을 하던 노인이었다. 아파트 공동 현관이나 엘리베이터를 청소하고 있는 모습을 몇 번 보았었기에 진오는 차에서 내리자마자 바로 얼굴을 알아볼 수 있었다.

병원으로 달려온 할머니의 아들은 진오의 멱살을 잡았다. 눌러쓴 야구모자 틈으로 제때 손질하지 않아 지저분해 보이는 머리카락이 삐져나와 있었다. 빛바랜 녹색 점퍼의 소매는 군데군데 닳은 데다 김치 국물까지 말라붙어 있었다. 그런 남자의 팔에 멱살을 잡힌 채로 서서 주위 사람들의 눈길을 한 몸에 받으며 진오는 어쩐지 좀 억울하다는 생각이 들었다. 조금 피곤하긴 했어도 자신의 운전에는 큰 과실이 없었고, 원인을 따지자면 할머니의 무단횡단과 시야를 방해하는 구조물들이 문제였다. 남자는 얼마 후 그에게서 손을 떼고 주저앉아 흐느꼈다. 진오는 한숨을 내쉬고는 몸을 돌려 옷깃을 다듬었다. 잘 다려진 흰색

셔츠는 이미 엉망으로 구겨져 있었다.

변호사는 그의 중과실이 없기 때문에 너무 걱정하지 않아도 될 거라며 적정 수준의 합의 금액을 알려주었다. 할머니의 나이와 직업을 고려했을 때 그 정도면 충분하다고 했다. 상대가 더 큰 액수를 요구하면 어느 정도까지 협상을 해야 할지 변호사와 오랫동안 상의를 하고 갔는데, 의외로 남자는 진오가 제시한 합의금을 순순히 받아들였다.

합의를 끝내고 돌아오면서 그는 안도감이 바람처럼 가슴을 쓸고 가는 것을 느꼈다. 한 노인의 세계는 끝이 났지만 그날의 사고가 아니었어도 노인에게 죽음은 머지않아 닥칠 일이었다. 그가 합의금으로 건넨 돈은 가난한 노인의 아들에게 적잖은 도움이 될 게 분명했다.

좋은 일에 썼다고 생각하자.

진오는 예기치 않은 금전적 손실에 미안해하며 경화에게 말했다. 그들은 그날, 일이 잘 마무리된 것을 축하하며 술잔을 부딪치고 모처럼 숙면을 취했다.

당사자들 간의 합의와는 상관없이, 나쁜 소문은 빠르게 퍼졌다. 타인의 불행은 자신의 평온을 확인시켜주는 달콤한 디저트와 같았기에 사람들은 좋지 않은 소식에 식탐을 부리듯 귀를 기울였다. 아파트 사람들 대부분이 사고에 대해 알고 있다는 것을 경화는 뒤늦게 눈치챘다. 어쩐지 옆집 여자를 마주칠 때마다 낯빛이 묘하게 바뀌는 것이 이상하긴 했었다. 경화나 진오가 사고에 대해 입을 열지 않았으니, 아마도 소문의 근원지는 청소 용역 직원을 고용했던 아파트 관리소였을 것이다.

민재 엄마, 얘기 들었는데… 잘 해결된 거야?

엘리베이터에서 마주친 10층 여자가 그렇게 물어왔을 때 경화는 표정을 일그러뜨리지 않기 위해 애써야 했다. 걱정스럽다는 말투였지만 말의 마디마다 들뜬 호기심이 그대로 묻어 있었다.

그럼요, 민재 아빠 과실이 아닌걸요.

얼마에 합의 본 거야?

그냥, 적당히 줬어요.

아파트 공동 현관을 나서면서 그녀는 일부러 10층 여자와 반대 방향으로 발걸음을 틀었다. 최소한의 예의도 없이 개인적인 질문을 마구 해대는 이웃 여자들은 언제나 불편했다.

그러나 그 정도의 불편함 때문에 이사를 결심한 것은 아니었다. 어차피 그런 종류의 호기심과 뜬소문들은 새로운 이야깃거리가 생기면 묻히기 마련이라는 것을 그녀는 알고 있었다. 문제는 아이의 학교에서 벌어졌다. 초등학생인 아이에게는 제 아빠가 낸 사고에 대해 굳이 말하지 않았었는데, 아파트 내에서 퍼진 소문이 학부모와 아이들의 입을 거쳐 민재에게까지 전해진 모양이었다.

아빠가 사람을 죽였어요?

집에 돌아온 아이가 곧 울 것 같은 표정으로 그렇게 물어 왔을 때, 경화는 쌀이 가득 담긴 통을 엎어버린 것처럼 막막해졌다.

누가 그래?

친구들이요.

경화는 숨을 크게 들이쉬었다. 몸속의 모든 피가 갈 길을 잃고 헤매는 것 같았다.

그건 사고였어.

애들 말이 맞구나.

아이는 구조 헬기를 놓친 조난자처럼 낙담했다.

민재야, 우린 충분한 보상을 해줬어. 어쩌면 우리가 그 사람들을 도와준 것일지도 몰라.

사람이 죽었다면서요.

그래. 하지만 아빠 잘못은 아니야.

경화는 아이의 어깨를 감쌌다. 아이의 몸이 작게 웅크려졌다.

그다음 날부터 아이는 학교에 가지 않겠다고 했다. 다독이기도 해보고 화를 내보기도 했지만 아무 소용이 없었다. 며칠을 고민한 끝에 경화는 진오에게 이사 이야기를 꺼냈다. 어차피 민재가 중학생이 되기 전에 신도시로 옮겨갈 계획이었으니 이참에 몇 년 일찍 가는 게 어떻겠냐는 것이었다. 갑작스러운 제안이었기에 진오는 조금 망설였으나, 민재 때문에라도 하루 빨리 환경을 바꿀 필요가 있다는 경화의 말에 결국 동의했다.

경화는 비교적 고급스러워 보이는 옷을 골라 입은 뒤 그녀가 가진 유일한 명품 핸드백을 들고 집을 나섰다. 좋은 서비스를 받으려면 그에 적합한 차림새를 해야 한다고 그녀는 생각했다. 더군다나 이곳은 부자들이 넘쳐나는 동네였다. 그들 사이에서 괜히 초라해질 이유는 없었다.

헤어샵은 아파트 건너편 상가의 2층에 있었다. 경화가 문을 열고 들어서자 검정 정장을 차려입은 직원 두 명이 구십 도로 허리를 굽혀 인사했다. 직원은 그녀에게 예약 여부와 원하는 디자이너가 있는지를 묻고는 대기 테이블로 안내했다. 음료를 마시는 동안 배정된 디자이너가 테이블로 와서 헤어 스타일에 대한 상담을 했다. 건강한 모발을 유지하기 위한 클리닉도 권했다. 생각했던 것보다 높은 금액이긴 했지만 경화는 자연스럽게 고개를 끄덕였다.

투명한 통유리창 밖으로는 활엽수의 푸른 잎들이 블루스를 추듯 느리게 흔들리고 있었고, 샵 내부는 바닥, 벽면, 거울 어느 곳 하나 나무랄 데 없이 반짝였다. 이런 배경은 그녀를 살짝 들뜨게 만들었고 잘 뭉쳐둔 허영심이 은근히 부풀었다.

이곳으로 이사 오길 잘했어. 경화는 디자이너의 숙련된 손길에 머리를 맡긴 채 눈을 감았다. 불운에서 시작되었지만 결과적으로 보면 더 나은 결과를 가져오는 일들이 있었다. 때론 예기치 않은 변화가 인생을 좀 더 나은 방향으로 흘러가게 하기도 했다.

굳이 말로 표현하지는 않았어도, 경화는 전에 살던 동네가 마음에 들지 않았다. 싸구려 국밥집이 모여 있는 아파트 뒤편 시장 골목에서는 늘 돼지뼈 고는 냄새가 났고, 주말이면 그리 늦은 시간이 아닌데도 취객들이 길에서 비틀거렸다. 식당과 술집이 밀집해 있고 시장도 가까운 주상복합 아파트의 입지에 대해 입주민들은 대부분 자랑거리처럼 떠들어댔지만, 그녀는 최대한 빨리 그 동네를 벗어나고 싶었다.

민재의 교육을 염두에 두면 더 그랬다. 초등학교야

그렇다 치더라도 몇 년 후 중학생이 될 텐데, 주변의 학교들은 평판이 썩 좋지 않았고 괜찮은 학원을 찾기도 어려웠다. 그런 이유로 몇 년 안에 교육환경이 좋은 곳으로 이사를 하겠다고 마음먹고 있던 터였는데 그 시기가 예기치 않게 앞당겨졌을 뿐이었다.

영양제를 바른 머리에 스팀 처리를 하는 동안 스태프가 와서 경화의 어깨와 목을 마사지했다. 갓 스물을 넘긴 듯한 어린 여자애였는데 지압하는 손끝의 힘이 제법이었다. 이 정도의 서비스라면 돈을 조금 더 지불하더라도 아깝지 않았다. 모든 것이 만족스러웠다.

저녁으로 준비한 고등어조림을 민재는 먹지 않았다. 쌀뜨물에 미리 담가 두었다가 조려서 비린내도 나지 않고 양념도 잘 배어 맛이 꽤 괜찮았는데, 그쪽으로는 아예 손도 대지 않았다. 경화는 고등어 살을 발라 민재의 밥 위에 얹어주었다. 민재는 생선살을 숟가락으로 다시 뜨더니 경화의 밥그릇에 옮겨놓았다.

먹기 싫어요.

한 번 먹어봐. 맛있어.

안 먹을래요.

등푸른 생선이 얼마나 몸에 좋은데.

민재는 고개를 저었다. 더 어릴 때는 잘 먹었는데. 아이가 요즘 들어 부쩍 생선 반찬을 안 먹는 것 같아 경화는 신경이 쓰였다.

그냥 둬. 때 되면 먹겠지. 나도 저 나이 땐 편식했어.

진오가 왼손에 든 스마트폰으로 뉴스를 읽으며 건성으로 말했다. 경화가 진오에게 눈을 흘기며 다시 잔소리를 하려고 할 때 전화벨 소리가 울렸다. 진오는 발신인을 확인하더니 고개를 갸웃하고는 작은 방으로 들어가 전화를 받았다.

경화는 식탁 가장자리에 놓여 있는 유리 어항으로 눈을 돌렸다. 경화의 기대와는 달리 민재는 새 어항을 보고도 별다른 반응을 보이지 않았다. 그새 흥미가 사라진 것일까. 아이들의 관심사가 시도 때도 없이 바뀐다는 것을 알고는 있지만, 그녀 나름대로 신경 써서 꾸민 새 어항에 대해 아이가 아무런 말을 하지 않으니 조금은 맥이 빠졌다.

통화를 끝내고 돌아온 진오의 표정이 좋지 않았다. 되돌아가기 어려운 곳에 중요한 물건을 두고 온 사람 같았다. 민재가 식사를 먼저 끝내고 방으로 들어가자 경화는 기다렸다는 듯 물었다.

누구야?

그 할머니 아들.

경화는 젓가락질을 멈추었다. 입안의 음식들이 딱딱하게 굳어버린 것처럼 삼켜지질 않았다. 이미 끝난 관계의 누군가에게 갑작스럽게 연락이 오는 일은 대부분 좋은 케이스가 아니었다. 대체로 지나간 일을 빌미로 불합리한 요구를 하거나, 상대가 원치 않는 관계를 억지스럽게 이어가고자 하는 사람들. 경화에게는 몇 번의 나쁜 기억을 통해 얻은 직감이 있었다.

오늘 49재를 치렀대.

그게 우리랑 무슨 상관이라고.

좀 울먹이는 것 같던데. 술을 마셨나?

혹시 돈을 더 바라는 거 아냐?

설마.

진오는 한숨을 쉬었다. 그의 멱살을 잡던 남자의 손, 그 낡은 소매에 말라붙어 있던 김치 국물이 떠오르면서 입맛이 싹 가셨다. 어쩌면 경화의 말이 맞을지도 몰랐다. 경황이 없는 상태에서 엉겁결에 합의를 해놓고는 뒤늦게 후회를 했을 수도 있고, 주변 사람들의 어쭙잖은 참견과 술기운을 거름 삼아 보상금을 더 요구해보려고 전화한 것일 수도 있었다.

물론 그에게는 더 이상의 의무가 없었다. 합의는 끝났고 그는 이미 법적 책임을 다했다. 하지만 진오와 경화는 그 전화가 어쩐지 꺼림칙하고 불편했기에 남자에게 약간의 돈을 추가로 입금하기로 했다. 49재 비용이라는 명목으로, 고인은 분명 좋은 곳에 가셨으리라는 인사말과 함께였다.

사고 후 진오는 운전을 하는 데 조금 어려움을 겪고 있었다. 바람에 날아오는 비닐봉지나 신문지 따위에도 소스라치게 놀라며 급브레이크를 밟곤 했다. 그런 행동이 오히려 더 위험한 상황을 만들 수 있다는 걸 알면서도 어쩔 수가 없었다. 평소보다 자주 백미러를 보고 과도하게 방어적으로 운전을 하느라 피로감이 몇 배는 커졌다.

좀 살살 밟지.

급정지와 함께 바닥으로 떨어진 핸드백을 주우며 경화가 핀잔을 주었다. 진오는 백미러로 뒷좌석에 앉아 있는 민재를 보았다. 휴대폰으로 게임을 하고 있는 아이의 얼굴에는 아무런 표정이 없었다. 진오는 요즘 부쩍 말수가 없어진 것 같은 아이가 걱정이었다. 모두 다 알고 있는 걸까? 그는 어쩐지 자신이 없었다.

저기, 이리 좀 와봐요.

평소보다 조금 이른 퇴근길이었다. 아파트 공동 현

관을 들어서는데 청소부 할머니가 그를 불렀다.

혹시 아이 아빠예요?

네, 무슨 일로….

아유, 잘됐네. 그럼 이거 갖다 키워봐요.

할머니는 손에 들고 있던 밀대 걸레를 벽에 기대 세워 놓고 우편함 옆 선반에 놓여 있던 네모난 플라스틱 통을 그에게 건넸다. 반쯤 물이 채워져 있는 그 통에는 물고기 다섯 마리가 들어가 있었다. 물고기를 받아 들고 난감해하는 그에게 할머니는 먹이가 든 작은 통까지 쥐어 주며 말했다.

아이가 좋아할 거유.

할머니는 이사 간 집에서 버리고 간 물고기를 청소 도구실에 두고 키워왔다고 했다. 그런데 일이 바쁘다 보니 먹이를 줄 시간이나 물갈이 시기를 종종 지나쳐 버린다고, 아이가 있는 집에서 가져가면 좋겠다는 것이었다.

이미 동의를 해버린 것처럼 물고기를 받아 든 채 이야기를 듣다 보니 진오는 거절할 타이밍을 놓쳤다. 어정쩡하게 인사를 하고 엘리베이터를 타면서 그는 귀찮은 것을 괜히 떠맡았다는 생각에 미간이 찌푸려졌다.

물고기를 받아 든 민재는 생각보다 훨씬 기뻐했다.

전부터 강아지나 고양이 같은 애완동물을 키우고 싶어 했는데 비염이 악화될 거라는 이유로 경화가 허락하지 않았었다. 비록 만지거나 길들일 수도 없는 물고기에 불과했지만, 그래도 아이는 제게 주어진 첫 애완동물이 마냥 좋은 모양이었다. 그렇게 좋아하는 아이의 모습을 보며 진오는 마치 산타클로스라도 된 것 같은 기분에 흐뭇해졌다.

그때 민재에게 무슨 말들을 했었지? 아무리 떠올려보려 해도 머릿속에 뿌연 안개가 낀 것처럼 기억이 희미했다. 자신이 사고로 죽게 한 노인이 물고기의 전 주인이라는 사실을 민재가 알고 있는 것인지 그는 자꾸만 신경이 쓰였다. 이사를 오고 나서도 아이의 표정은 깊은 동굴에 갇힌 것처럼 막막해 보였고 줄어든 말수는 다시 늘지 않았다. 썰물에 떠밀려 자신으로부터 멀어져가는 것만 같은 아이에게 어떤 제스처를 취해야 할지 그는 도무지 알 수 없었다.

토막난 장어가 채반에 담겨 상 위에 놓였다. 장어는 싱싱해 보였고 밑반찬은 정갈했다. 경화가 알아본 바에 따르면 이 근방에서 맛집으로 소문난 곳이었다.

이사를 하고 집이 어느 정도 정리가 되었기에 경화는 진오의 어머니를 초대했다. 집에서 함께 저녁식사를 하자고 했으나 그녀는 번거롭게 그럴 것 없다며 밖에서 밥을 먹고 들어가자고 했다. 그런 배려심을 가진 시어머니를 만난 것은 행운이라고 경화는 늘 생각했다.

진오가 장어를 불판 위에 올려 굽는 동안 어머니는 경화에게 새 집과 새 학교에 대해 이것저것 물었고 경화는 그녀가 느끼고 있는 모든 좋은 점들을 빠짐없이 이야기했다. 진오는 경화의 이야기에 조금 과장된 부분이 있다고 생각했으나 아주 틀린 말은 아니었기에 한두 마디씩 보태며 그들의 성공적인 이주 스토리를 완성했다.

그런데 말이다, 사고 처리는 완전히 끝난 거지?

경화의 말을 흐뭇하게 듣고 있던 어머니가 문득 생각났다는 듯 물었다. 그들의 마음이 불편할 것을 짐작하고 한동안 사고에 대해 언급하지 않던 그녀였다.

그럼요, 걱정 마세요.

경화는 티끌만큼의 문제도 없다는 듯이 밝게 웃으며 대답했다. 며칠 전 남자에게 추가로 입금한 돈이 떠올랐지만 그 일에 대해서는 굳이 입을 열지 않기로 했다.

다행이구나. 그런데 그 노인네, 혹시 일부러 뛰어든 거 아니냐? 지병도 있었다면서.

24

경화는 대답 없이 슬쩍 웃어넘겼다. 경화와 진오도 그런 의심을 해보지 않은 것은 아니었다. 하지만 괜한 이야기로 유족의 분노를 사봐야 합의만 어려워질 게 뻔했다. 그들은 확실치 않은 말을 발설해 스스로를 변호하는 대신 조용하고 빠른 마무리를 택했다.

다 익었어요. 드세요, 어머니.

진오는 적당히 잘 구워진 장어 토막들에 양념장을 묻힌 뒤 불판의 은박지 위로 옮겼다. 어머니는 깻잎에 밥 한 숟가락과 장어를 놓고 생강을 올려 쌈을 쌌다. 진오는 불판의 빈자리에 장어를 다시 올리느라 분주했다.

정말 맛있구나. 비린내가 하나도 안 난다.

어머니의 후한 평가에 경화는 만족감을 느꼈다. 아이도 맛있게 먹는다면 더없이 좋을 것 같았다. 경화는 양념장이 적당히 묻은 장어 한 토막을 민재의 앞접시에 놓아주었다. 그러자 말없이 불판을 바라보고 있던 민재가 문득 말했다.

무서워요, 저 눈.

아이의 눈은 막 불판에 올려진 장어의 머리 부분에 가 있었다. 양쪽으로 갈라져 데칼코마니처럼 되어버린 장어의 머리에서 까만 눈동자가 유독 눈에 띄었다. 여전히 물기를 머금고 있는 그 눈이 마치 살아 있는 것 같아서 경화는 몸서리를 쳤다.

　뒤집어 놓지.

　경화는 민재의 불안한 표정을 보며 진오에게 작은 불평을 했다.

　어차피 죽은 고기야.

　진오는 집게로 장어의 머리를 뒤집으며 말했다. 불판에서 치익, 하고 물기 닿는 소리가 났다.

　우리가 아니어도 누군가에게 구워 먹힐 고기라고.

　진오는 상추쌈을 쌌다. 양념이 묻은 장어 토막을 두 개나 넣고 각종 야채도 한 젓가락씩 듬뿍 얹어 엄청나게 커다래진 쌈을 한입에 넣었다. 그리고는 한참 입을 우물거리더니 입에 있던 것을 꿀꺽 소리 내어 삼키고는 말했다.

　그러니 무서워할 것 없어.

　집에서 보내는 주말이 이제는 오히려 더 좋았다. 시장에서 흘러나오는 소란함이나 우수관을 통해 올라오는 악취 같은 것은 이 동네와 거리가 멀었다. 아파트는 언제나 쾌적하고 조용했고, 주말의 휴식을 방해하는 것은 어디에도 없었다.

　진오와 민재는 점심을 먹은 후 각자의 방에 쉬러 들어갔고, 경화는 거실 소파에 앉아 텔레비전을 켰다.

채널이 너무 많아 고르기가 어렵다고 생각하며 계속해서 리모컨을 누르고 있을 때였다. 식탁에 놓아둔 진오의 휴대폰이 울렸다. 경화는 식탁으로 가 발신인을 확인했다. 휴대폰을 든 그녀의 손이 조금 떨렸다. 그 남자였다.

경화는 계속해서 울리고 있는 휴대폰을 들고 방으로 가서 잠든 진오를 깨웠다. 눈을 찡그리며 진오가 깼을 때 전화는 이미 끊어져 있었다.

그 사람이야.

진오는 침대에서 몸을 일으키더니 경화에게서 휴대폰을 받아들고는 부재중 전화의 발신인을 확인했다. 그는 한숨을 쉬더니 한 손으로 이마를 짚었다.

전화, 해볼 거야?

경화의 말에 진오는 고개를 젓고는 다시 침대 위로 털썩 누워버렸다. 경화는 그의 옆에 걸터앉아 팔짱을 꼈다.

또 전화 오면?

안 받으면 되지.

난 왠지 좀 무서워.

다 끝난 일이야. 49재 비용까지 보내줬잖아.

그런데 왜 또 전화하는 걸까?

술이라도 마셨나 보지. 왜, 그런 사람들 있잖아. 술

마시면 여기저기 전화 거는 사람.

경화는 진오의 말을 믿고 싶었지만, 일요일 오후 세 시는 웬만해선 술에 취할 시간은 아니라는 생각에 여전히 불안했다.

그 사람 혹시 우리 이사한 거 알아?

모르겠지. 말을 안 했으니까.

우리한테 아이가 있다는 건 알아?

글쎄, 그건.

진오는 경화가 조금 예민하게 군다고 생각하면서도 기억을 더듬어보았다. 아무래도 그런 것까지는 기억이 나지 않았다. 하지만 남자에게 자신의 신상을 이것저것 이야기하지는 않았을 것이라는 쪽으로 생각이 기울었다.

혹시 말야.

경화가 망설이듯 입을 열었다.

민재한테 무슨 일이 생기는 건 아니겠지?

쓸데없는 생각 하지 마.

진오가 못 먹을 것을 입에 넣은 듯이 말을 내뱉었다. 인상을 쓰며 다시 눈을 감는 진오를 두고 경화는 방을 나왔다. 언제 제 방에서 나왔는지 민재가 식탁 앞에 앉아 어항을 가만히 바라보고 있었다.

자는 거 아니었어?

아이는 입을 열지 않고 가만히 고개를 저었다. 높은 톤으로 떠들어대는 연예인의 목소리가 거슬려서 경화는 리모컨의 전원 버튼을 눌러 텔레비전을 껐다. 전화 한 통 때문에 평화로웠던 휴일 오후가 망가졌다. 그녀는 빗길에 서 있다가 지나가는 차에 난데없이 흙탕물을 뒤집어 쓴 것처럼 어찌할 바를 모르고 한동안 거실에 서 있었다.

설거지와 청소를 하고 빨래를 넌 뒤 경화는 여느 때처럼 커피를 내려 마셨다. 집 안 가득 퍼지는 커피 향기는 그녀의 마음을 차분하게 정돈시켰다. 오전에 해야 할 집안일을 끝낸 뒤 그녀만의 시간을 시작하기 위한 일종의 의식 같기도 했다. 불안했던 휴일은 어쨌거나 지나갔고, 각자의 월요일이 시작된 것이다.

전화벨이 울린 것은 커피를 반쯤 마셨을 때였다. 모르는 번호였다. 휴대폰 화면에 뜨는 낯선 번호와 정적을 깨고 울려대는 벨소리는 그녀의 온갖 신경을 다시금 곤두서게 만들었다. 경화는 잠시 심호흡을 하고 통화 버튼을 눌렀다.

민재 어머니 되십니까?

중년의 남자 목소리였다. 짧은 순간 경화의 머릿속에는 많은 생각이 스쳐 지나갔다. 대체로 나쁜 상상이었다.

민재 담임입니다.

경화는 최악의 시나리오는 피했다는 생각에 안도했다. 그러나 곧 또 다른 걱정이 일기 시작했다. 학교일과 시간 중에 담임교사의 전화가 걸려 온다는 건 무슨 사고가 생겼거나 아이가 아프거나 둘 중 하나일 것이었다. 경화는 민재에게 무슨 일이 있는지를 조심스럽게 물었다.

큰일은 아니지만 알고 계셔야 할 것 같아서….

담임교사의 말에 따르면 민재가 수업 시간에 화장실에 갔다가 한참을 돌아오지 않았다고 했다. 찾으러 가보니 화장실 구석에 쪼그려 앉아 울고 있더라는 것이었다. 왜 그러는지 물어도 대답하지 않아 일단 보건실에 보내놓았다며, 혹시나 해서 미리 말해두지만 학교에서는 특별한 사건이 없었다는 이야기를 강조하듯 덧붙였다.

혹시 집에서 무슨 일이 있었습니까?

아뇨, 아무 일도요.

경화는 망설임 없이 대답했다. 마치 담임교사가 눈앞에 있는 듯이 고개까지 저었다. 담임교사는 한창 감수성이 예민해질 시기라 그럴 수 있다며 아이가 먼저 말하지 않으면 그냥 모르는 척 해두라고 조언하고 전화를 끊었다.

경화는 담임교사의 전화번호를 저장해두고는 골똘히 생각에 잠겼다. 민재가 왜? 민재는 눈물이 많은 아이가 아니었다. 그 애에게 도대체 무슨 일이 있었던 거지? 그녀는 물속에서 오래 숨을 참은 것처럼 가슴이 답답해졌다.

경화는 아이가 새로운 환경에 잘 적응하고 있다고 생각하고 있었다. 줄어든 말수는 쉽사리 늘지 않았지만, 아무런 문제 없이 학교와 학원에 다니고 있었고 특별히 잔소리를 하지 않아도 과제물을 성실히 해냈다. 이전 학교의 아이들이 아무 생각 없이 내뱉었던 말들로 인한 상처는 시간이 지나면 차츰 아이의 기억 속에서 지워질 거라고 생각했다. 그녀는 눈을 감고 양 손바닥으로 이마를 짚었다. 거인이 머릿속에서 발을 구르는 듯 둔탁한 통증이 몰려왔다.

진오가 집에 들어오자마자 경화는 담임교사의 이야기를 전했다. 민재는 아직 학원에서 돌아오기 전이었다.

혹시 전학생이라고 애들이 텃세 부리고 그러는 거 아냐?

학교에선 아무 일 없었다던데.

선생이 다 알 수는 없지.

진오는 옷을 벗고 욕실로 들어갔고 경화는 저녁상을 준비했다. 진오가 샤워를 끝내고 저녁상이 거의 다 차려졌는데도 민재는 오지 않았다. 경화는 시간을 확인하고는 민재에게 전화를 걸었다. 전원이 꺼져 있다는 안내 음성이 나왔다. 자주 있는 일이었지만 이번에는 어쩐지 마음이 덜컹거렸다. 경화는 학원으로 전화를 걸어 차량이 언제 출발했는지 물었다. 학원 실장은 평소와 다름없이 차량이 출발했다며 간혹 차가 막혀 늦는 경우도 있으니 조금 더 기다려보라고 말했다.

경화는 발코니 창문을 내다보고 거실을 서성거리다가 식탁 앞으로 와서 반찬 그릇을 괜히 재배치했다. 그러다가 식탁 가장자리에 놓여 있던 어항이 그녀의 팔꿈치에 맞았다. 어항은 바닥으로 떨어지며 깨져버렸고 흥건하게 젖어버린 바닥에서 물고기 다섯 마리가 퍼덕였다. 망연자실하게 서 있는 경화에게 진오가 다가왔다.

괜찮아?

경화는 고개를 끄덕였다. 진오는 깨진 어항을 치우고 걸레를 가져와 바닥을 닦았다. 그사이 경화는 플라스틱 통을 하나 꺼내와 수돗물을 반쯤 담고 물고기들을 넣었다.

물고기, 그냥 처리하자.

버리자고?

이제 민재도 별 관심 없고, 어항도 깨졌잖아.

진오의 말에 경화는 잠시 통 안의 물고기들을 바라보다가 이내 그에게 건넸다. 진오는 통을 받아 들고 망설임 없이 화장실로 갔다. 그리고는 물고기들을 변기에 부어버렸다. 물고기 다섯 마리는 그곳이 어딘지도 모르고 다시 천천히 움직이기 시작했다. 앞으로 닥쳐올 일도 모르는 채 하얀 변기 속에서 유유히 헤엄을 치고 있는 물고기들을 가만히 보고 있던 그는 잠깐 깊은 숨을 내쉬고는 변기 레버를 내렸다. 예상치 못한 급류에 휘말린 것처럼 물고기들은 어찌할 틈도 없이 변기물의 소용돌이 속으로 빠져 들어갔다.

진오는 물고기가 들어 있던 빈 통을 싱크대에 놓고 손을 씻었다. 경화는 식탁 앞에 앉아 계속 시간을 확인하며 안절부절못하고 있었다. 상을 차려놓은 지 이십 분이 지났고 식탁 위의 반찬들은 대부분 식어버렸다. 학원 실장 말대로 차가 막혀서 늦을 수도 있고 아이가 차에서 내려 편의점이나 문구점에 들른 것일 수도 있는데, 이상하게 자꾸만 나쁜 생각이 머릿속을 맴돌았다.

경화는 학원으로 다시 전화를 해보기 위해 휴대폰을 들었다. 차량 기사의 전화번호를 물어 직접 통화해볼 생각이었다. 그런데 그 순간 진오의 휴대폰이 울리기 시작했다. 식탁 위에서 울리고 있는 진오의 휴대폰에는 전화번호가 뜨지 않고 발신자 표시 제한이라는 글자만 선명하게 나타나 있었다. 진오의 얼굴은 살짝 굳어졌고, 경화는 공포가 깃든 눈으로 그를 바라보았다. 전화벨 소리는 영원히 끝나지 않을 악몽처럼 울려댔다.

조금 언성을 높였을 뿐

진은 아름다운 실루엣을 가진 여자다. 그건 강이 그녀를 처음 만났던 이십여 년 전부터 지금까지 변하지 않은 사실이다. 평균보다 약간 큰 키에 가늘고 긴 목, 그리고 군살이 붙지 않은 몸매 덕분에 그녀는 어떤 옷을 걸쳐도 무난히 어울렸다. 이십대의 진은 어쩌면 좀 흔한 타입이었을지 모르나 중년에 접어들면서 그녀는 오히려 빛이 났다.

아침 식사를 끝낸 강은 그대로 자리에 앉아 발코니의 화분에 물을 주고 있는 진의 실루엣을 감상했다. 발목이 살짝 드러난 검정색 홈드레스는 그녀가 몸을 움직일 때마다 가볍게 찰랑였다. 아침의 햇살이 발코니로 흩뿌려지고 있었기 때문에 마치 빛이 그녀를 감싸고 있는 것처럼 보였다. 조금 비현실적으로까지 보이는 그 장면을 강은 충분히 음미하고 싶었다. 그는 이런 작은 환상에 기대는 것이 매일 마주할 고통을 어느 정도는 상쇄해준다고 믿고 있었다.

진이 화분 정리를 끝내고 돌아서는 순간 강은 자리에서 일어나 욕실로 들어갔다. 그는 샤워기에서 쏟아지는 물줄기를 맞으며 빠르게 손을 움직여 사정을 끝냈다. 욕구와 흥분과 허탈감이 낭비 없이 그의 몸을 쓸고 지나갔다. 욕실에서 나온 그는 옷을 챙겨 입고 주방에서 그릇을 정리하고 있는 진을 뒤에서 안았다.

"다녀올게."

"더운데 고생해요."

진이 고개를 돌려 그에게 미소 지었다. 강은 그녀의 얼굴을 바라보며 마음속으로 숫자를 세었다. 하나. 왼쪽으로 길게 늘어뜨린 앞머리 사이로 진의 플라스틱 눈동자가 보였다. 둘. 강은 그녀를 안은 두 팔에 좀 더 힘을 주었다. 셋. 강은 그녀에게서 물러나 가방을 들고 집을 나섰다. 그는 현관문이 자동으로 잠기는 소리와 함께 후, 하고 긴 숨을 내쉬었다. 여러 번을 반복해도 익숙해지지 않는 것은 여전히 있다. 그래도 견딜 수밖에 없다고 강은 생각한다. 더 고통 받는 쪽은 진이고, 상황이 어찌 되었건 그녀를 그렇게 만든 것이 자신이라는 점을 떠올리면 어쩔 도리가 없었다.

거의 일 년이 지났지만 그날의 일을 강은 생생하게 기억하고 있다. 필드의 잔디는 평소보다 푸르렀고 구름 없이 맑은 날이어서 모자를 썼는데도 눈이 많이 부셨다. 그 무렵 진 역시 골프를 배우고 있었기 때문에 그들은 부부 동반 라운딩에 가끔 함께 참석하곤 했었다. 강은 둘이 함께 여가를 즐길 만큼 아직도 부부 사이가 평온하다는 사실에 꽤나 자부심을 느끼고 있었다. 더군다나 그는 골프웨어를 차려입은 진의 실루엣이나 그녀의 말투, 제스처 같은 것이 제법 품위 있어 보인다고 생각했기 때문에 필드에서 다른 사람들이 그녀를 쳐다볼 때마다 어깨가 좀 으쓱해지기도 했었다.

그날 강은 평소보다 샷감이 좋다고 느꼈다. 이대로 간다면 우승도 노려볼 만했다. 6번 홀에서 티샷으로 날린 공이 나무숲 근처로 떨어졌지만 그는 별로 고민하지 않고 세컨샷을 준비했다. 그의 앞쪽으로 몇 걸음 떨어진 곳에 나무 두 그루가 있었으나 서로 1미터 이상의 간격을 두고 있었기에 그는 풀샷을 해도 무리가 없을 거라고 판단했다. 진은 캐디와 함께 강의 오른편에서 응원의 손짓을 보냈고 강은 자신 있게 세컨샷을 날렸다.

결과는 참혹했다. 골프공이 그의 앞쪽에 있던 나무 기둥을 맞고 튕겨져 나와 진의 왼쪽 눈을 정확히 타격한 것이다. 진은 외마디 비명을 지르며 쓰러졌고 함께 라운딩을 하던 사람들이 모두 달려왔다. 캐디는 어디론가 황급히 전화를 걸었다. 그리고는 얼마 지나지 않아 구급차가 도착했다.

그 후의 일들은 매우 정신없이, 그리고 빠르게 진행되었다. 골프공에 눈을 맞은 경우 대체로 예후가 좋지 않다던 의사의 말은 그대로 들어맞았다. 진의 왼쪽 눈은 끝내 실명되었고 안구를 적출해야 했다. 수술과 회복, 그리고 인공 안구에 적응하기까지 반년이 걸렸다. 강에게 그 시간은 무척 압축적으로 느껴졌다. 너무 바쁘고 피로한 시간의 연속이었기 때문일 것이다. 그러나 그의 골프공이 나무 기둥에 맞고 팅겨져 나오던 그 짧은 순간의 기억은 몇 배속이나 느리게 반복 재생되며 떠오르곤 했다. 두 그루의 나무 사이로 쏟아지던 강렬한 빛, 그 빛을 향해 날아가다 이내 진의 얼굴 쪽으로 되돌아오던 작고 하얀 공, 비명을 지르며 쓰러진 진의 모습과 그녀 전체를 비현실적으로 감싸고 있는 듯한 푸른 잔디. 그 순간이 몽환적인 느낌으로 각인된 덕분에 강은 너무 깊은 자책감에는 빠지지 않을 수 있었다.

강이 일을 마치고 집으로 돌아왔을 때 진은 몹시 화가 난 얼굴로 거실 책장을 닦고 있었다. 책들은 모조리 바닥에 내려져 있고 진의 손에는 물걸레가 반듯하게 접혀진 채 들려 있었다.

"이 시간에 뭐 하는 거야?"

진은 강의 말에 벽시계를 쳐다보고는 한숨을 내쉬었다.

"벌써 시간이 이렇게 됐네."

"아줌마한테 시키면 되지, 당신이 뭐 하러 이렇게 무리를 해."

"하나같이 마음에 안 들어. 다른 사람으로 바꿀까?"

"다 비슷할 거야. 이번엔 그래도 괜찮은 편이잖아. 음식 솜씨도 좋고."

진은 아무 말 없이 책장의 마지막 라인을 닦기 시작했다. 진의 사고 이후 그들은 처음으로 가사도우미를 고용했다. 몸이 어느 정도 회복되고 한쪽 시력만으로 생활하는 것에 적응이 되자 진은 더 이상 가사도우미가 필요하지 않다고 강에게 말했다. 그러나 강의 생각은 달랐다. 병원과 심리치료센터에도 정기적으로 가야 하고, 이전보다 휴식도 더 많이 필요한 상태이다. 그리고 무엇보다 사람을 부려 쓸 만한 경제적 여유가 되니 당분간은 몸과 마음의 회복에만 더 신경 쓰라며 강은 그녀를 설득했다.

1년 동안 진은 가사도우미를 다섯 번 바꾸었다. 말

이 너무 많다거나, 만들어놓은 반찬이 입에 맞지 않는다거나, 청소 상태가 마음에 들지 않는다는 비슷비슷한 이유에서였다. 강은 평소 그녀의 성격이 까다로운 편이라고 생각하지 않았었기 때문에, 가사도우미를 여러 번 바꾸는 일에 조금 놀랄 수밖에 없었다.

"조금 더 지내봐. 이제 겨우 한 달이잖아."

진은 강의 말에 책장 안쪽을 부지런히 오가던 손을 멈추고 그쪽으로 천천히 고개를 돌렸다. 청소를 하느라 앞머리를 실핀으로 고정해놓았기에 플라스틱으로 된 그녀의 왼쪽 눈이 숨김없이 드러났다. 그녀의 의안은 형광등에 반사되어 매우 반짝였고, 그 반짝임으로 인해 오른쪽 눈보다 현저하게 도드라져 보였다. 강은 자기도 모르게 한 걸음 뒤로 물러섰다. 그리고 곧 자신의 무의식적인 움직임이 무엇을 뜻하는지 알아챈 그는 마치 애초에 그러려고 했던 것처럼 몸을 숙여 바닥에 가방을 내려놓았다.

"이 먼지 좀 봐요."

진은 그에게 걸레를 들어 보였다. 진에게서 몇 걸음 떨어져 있는 강에게 걸레에 묻은 먼지는 잘 보이지 않았지만 그는 고개를 끄덕였다.

"보이지 않는 곳에 먼지가 이렇게 많은데."

그녀는 다시 책장 쪽으로 몸을 돌리고는 걸레를 쥔

손을 좀 더 힘있게 움직였다.

"다들 보이는 곳만 닦는다니까."

"책들은 그냥 둬. 내가 꽂을게."

강은 넥타이를 풀며 옷장이 있는 방으로 발걸음을 옮겼다. 옷을 갈아입는 사이 거실에서는 진이 벌써 책을 꽂는 듯 둔탁한 소리들이 나기 시작했다.

다음 날 강은 회사에 반차를 내고 백화점으로 갔다. 진이 좋아하는 브랜드의 주얼리 매장에서 점원이 추천하는 목걸이와 귀걸이 세트를 구입하고 제과 매장으로 가서 진열된 케이크를 눈으로 훑었다. 여러 가지 과일이 꽃 모양으로 장식된 생크림 케이크가 눈에 띄었다. 케이크의 윗면 가장자리는 하얀 생크림을 동그랗게 짜놓았는데, 크기나 모양이 마치 골프공 같았기 때문에 그는 순간 그것을 움켜쥐고 싶은 충동을 느꼈다.

"이걸로 주세요."

"네, 손님. 초는 몇 개 넣어 드릴까요?"

"마흔일곱."

"사모님 생신이신가 봐요. 좋으시겠어요, 사모님은."

이십대로 보이는 여점원이 친절하게 웃으며 말했

다. 강은 자신의 왼손에 들려 있는 쇼핑백의 주얼리 브랜드명에 그녀의 눈길이 슬쩍 가닿는 것을 놓치지 않았다.

"아무리 좋은 선물도 본인 마음에 들어야지요."

"설령 취향에 맞지 않더라도 저라면 무척 행복할 거예요."

그녀는 케이크 상자에 폭죽 두 개를 테이프로 고정하더니 그 싹싹한 미소를 다시 한 번 지으며 말했다.

"정말로요."

백화점에서 집으로 운전해 가는 내내 강은 노래를 흥얼거렸다. 처음 보는 사람이 부러워할 만한 삶을 살고 있다는 것에 새삼 즐거워졌고, 그런 삶을 지탱할 수 있는 자신의 능력치에 자부심이 느껴졌다. 비록 1년 전 그들에게 닥친 불운이 있긴 했지만 진은 강의 실수를 탓하지 않았고 각자 지금의 상황에 익숙해지려고 애쓰고 있으니 서로에게 남은 고통은 곧 사그라들 것이다. 게다가 경제적인 여유 덕에 그녀가 온전히 회복할 때까지 최선의 지원을 해줄 수 있으니 얼마나 다행인가, 하고 강은 여러 번 생각했다.

그가 집에 도착했을 때 진은 거실에서 요가를 하고 있었다. 검정색 레깅스와 헐렁한 박스티 차림에 머리를 동그랗게 틀어 올린 진의 실루엣은 정말이지 흠잡을 데가 없었다. 하던 동작을 멈추고 일어나 강의 손에 들린 선물을 본 그녀는 볼이 살짝 붉어지며 소녀처럼 웃었다.

"아줌마, 오늘은 그만 가보세요."

진이 부엌을 향해 말하자 곧 가사도우미가 앞치마를 벗고는 그들을 향해 걸어 나왔다. 그녀의 옷은 잔보풀이 많아 좀 오래되어 보였고 진과 비슷한 나이임에도 피부가 무척 푸석하고 거칠었다. 그녀는 그들에게 고개를 숙여 인사를 하고는 가방을 집어 들었다.

"그러지 말고,"

강의 말에 두 여자가 동시에 그를 쳐다보았다.

"케이크라도 한 조각 먹고 가세요."

순간 표정이 살짝 굳어지던 진의 얼굴을 보며 강은 괜한 말을 했구나 싶었지만 이미 뱉은 말이었다. 가사도우미는 말을 어물거리며 사양하는 듯했으나 강은 그녀에게 케이크 상자를 내밀었다. 그녀는 잠시 머뭇거리더니 가방을 다시 내려놓고는 상자에서 케이크를 꺼내 식탁에 올려놓았다. 강은 진의 어깨를 안듯이 잡고 식탁 쪽으로 이끌었다.

가사도우미가 접시와 음료를 내오는 동안 진은 아무 말도 하지 않은 채 팔짱을 끼고 앉아 있었다. 강은 케이크에 초를 꽂고 불을 붙였다.

"자, 생일 축하 노래를 합시다."

강이 먼저 박수를 치며 노래를 시작했고, 가사도우미가 곧 작은 목소리로 노래를 따라했다. 사랑하는, 다음 대목에 잠깐 침묵이 흐르며 어색한 분위기가 되었으나, 강이 곧 너스레를 떨듯 웃으며 우리 왕비님, 이라고 하자 진이 피식 웃었다. 노래가 끝나자 진이 입김을 불어 촛불을 끄고는 말했다.

"고마워요."

그때였다. 펑! 가사도우미가 폭죽을 터뜨렸다. 진은 비명을 질렀다.

"아줌마!"

가사도우미는 진과 강을 번갈아가며 쳐다보더니 기어들어 가는 목소리로 사과했다.

"죄송합니다."

"이게 뭐 하는 거예요!"

"전 그냥… 축하를….“

진은 자신의 옷과 머리에 붙은 가느다란 종이 뭉치들을 신경질적으로 떼어냈다. 잠시 후 그들이 케이크 한 조각씩을 먹는 동안 식탁은 마치 성찬 의식을 치르는 교회 같았다. 가사도우미가 식탁을 정리하고 돌아가자 강은 진에게 말했다.

"당신 좀 예민했던 것 같아."

"그 여자, 낄 자리 안 낄 자리 분간을 못하잖아요."

"내가 같이 먹자고 한 건데 뭘."

"인사치레로 한 말이잖아요. 일할 때도 그렇고 정말 눈치라고는 없다니까. 그리고 폭죽은 왜 터뜨려?"

"많이 놀랐어?"

"난 정말……."

진은 말을 멈추고 갑자기 흐느끼기 시작했다. 강은 조금 당황스러웠지만 진을 안고 등을 어루만져 주었다.

"난 정말 가슴이 덜컥 한다고요. 그런 큰 소리, 갑자기 나한테 날아오는 물체 같은 것."

진의 말에 무엇이 함의되어 있는지를 짐작하는 것은 어려운 일이 아니었다. 강은 낮은 목소리로 중얼거리듯 말했다.

"미안해. 다 내 탓이야."

"당신을 탓하는 게 아니에요."

"그 공을 치지 말았어야 했는데."

"자책하지 말아요. 그건 실수였잖아요. 누구나 다 아는 일인 걸요."

진은 강의 품에서 몸을 떼더니 흘러내린 눈물을 닦고는 말했다.

"아무튼 정말 생각 없는 여자야, 그 아줌마. 그렇

죠?"

"그래."

"참, 레스토랑 예약이 몇 시랬죠?"

"여섯 시."

"그럼 운동 마무리하고 외출 준비할게요. 당신은 좀 쉬고 있어요."

강은 고개를 끄덕이고 침실로 들어갔다. 정말 휴식이 좀 필요하다는 생각이 들었다.

진은 저녁 식사를 매우 만족스러워했다. 레스토랑의 통유리창으로는 도시의 야경이 황홀하게 펼쳐져 있었고 직원들은 그들에게 구십 도로 몸을 굽혀 인사했다. 참나무 숯불에 구운 송아지 안심 스테이크는 육질이 무척 부드러웠고, 초콜릿과 블랙베리 향이 풍기는 와인은 스테이크의 맛과 아주 잘 어울렸다. 진은 자신을 위해 좋은 레스토랑을 찾아 예약한 강에게 고마움을 표시했다. 강은 이 정도쯤이야 언제든 해줄 수 있다며 진에게 건배를 청했다.

모처럼 와인을 몇 잔 마셨기 때문인지 진은 평소보다 조금 이른 시간에 잠이 들었다. 강은 냉장고에서 맥주를 한 병 꺼내 들고는 소파에 앉았다. 진에게 특별히 표시를 내진 않았지만, 강은 오늘 낮에 보였던 그녀의 행동이 무척 언짢아서 저녁식사 시간 내내 기분이 좋지 않았다. 집에서 일하는 사람에게 생일 케이크를 한 조각쯤 나누어 주는 것은 집주인으로서 응당 베풀 만한 일이라고 강은 생각했다. 그런데 케이크를 먹는 내내 기분 상한 표정을 하고, 폭죽을 터뜨린 일에 그렇게까지 화를 내다니. 그건 정말 품위가 떨어지는 일 아닌가. 그리고 진의 그런 모습은, 케이크를 먹고 가라고 제안한 자신에게까지도 무례한 행동이었다는 생각마저 들었다. 강은 맥주를 들이켰다. 그때 휴대폰에서 메시지가 도착했다는 알림 소리가 났다. 대학 기숙사에서 지내고 있는 아들의 메시지였는데, 영어 학원비를 보내달라는 내용이었다. 강은 통화 버튼을 눌렀다.

"아빠."

아들은 전화를 금방 받았다. 무척 시끄러운 음악 소리와 함께 여러 사람들의 목소리가 섞여 들렸다.

"어디냐?"

"친구 생일 파티가 있어서요. 좀 나와 있어요."

"오늘 엄마한테 전화는 드렸니?"

강이 물음과 동시에 수화기 저쪽에서 여자들의 웃음 섞인 비명 소리가 들려왔다. 아, 존나 시끄럽네! 좀 작게 들려오긴 했지만 그건 아들의 목소리였다. 강은 미간을 찌푸렸다.

"아빠, 여기 너무 시끄러워요. 방금 뭐라고 하셨어요?"

"오늘 엄마 생신인데 축하 전화는 했냐고 물었다."

"오늘 엄마 생신이에요? 엄마 좀 바꿔주세요."

"벌써 잠드셨어."

그때 또 한 번 비명과 욕설이 한데 엉켜 수화기로 들려왔다. 그리고 곧 아들이 소리쳤다.

"야, 씨발. 내 바지 젖었잖아!"

강은 조금 딱딱한 목소리로 아들의 이름을 불렀다.

"아빠, 죄송해요. 지금 너무 시끄러워서요. 내일 전화 드릴게요."

"너 정신이 나갔구나."

"아빠."

"어디서 천박한 애들이랑 술이나 마시고."

"친구 생일 파티라고 했잖아요."

"이러려고 기숙사에 들어갔니? 엄마 다치고 첫 생일인데 이런 날 집에 오지는 못할망정."

아들은 잠시 침묵한 뒤 차가운 목소리로 입을 열었다.

"아빠가 골프 치다가 사고 낸 거잖아요. 자꾸 저한 테 강요하지 마세요. 저도 힘들어요. 끊을게요."

전화가 끊어지자 주위는 다시 고요해졌다. 강은 화가 치밀었다. 좀 멀더라도 통학을 시키는 건데 기숙사에 들어가게 한 것이 잘못이었다는 생각이 들었다. 강은 남은 맥주를 마저 들이켜고는 거실 장식장 안에 들어 있는 아이언을 꺼냈다. 사고 이후 골프채는 한 번도 잡지 않았었는데, 은빛으로 반짝이는 헤드를 어루만지자 마치 비밀스런 연인의 손을 슬쩍 잡은 것처럼 가슴이 뛰기 시작했다. 강은 그립을 잡고 허공을 향해 스윙을 했다. 고요한 밤의 공기를 가르는 소리가 그의 귀를 기분 좋게 했다. 강은 다시 한 번 그립을 꽉 움켜쥐었다.

며칠 후 아침 식사 자리에서 진이 아들에 대한 이야기를 꺼냈을 때 강은 갑자기 수화기 너머에서 들려오던 시끄러운 음악 소리와 욕설이 떠올라 얼굴을 찌푸릴 수밖에 없었다.

"다음 학기에 어학연수를 보내는 게 좋을 것 같은데."

진의 손에는 어학연수 설명회 책자가 들려 있었다. 붉은색의 표지에는 외국인들과 함께 어깨동무를 하고 과장되게 웃고 있는 한국인 학생의 얼굴이 있었다. 강은 그녀의 손에 있는 책자를 힐끗 보고는 말했다.

"그냥 한국에서 공부시키면 안 되나?"

"요즘 어학연수는 기본이에요."

"흠."

"미국으로 알아봤는데, 지금이 적기예요."

진은 설명회에서 듣고 온 정보들과 연수 비용 등을 강에게 구체적으로 늘어놓았다. 진의 장황한 설명이 끝나자 강은 숟가락을 놓으며 말했다.

"돈이 문제가 아냐. 그 녀석 미국 가서 마약 같은 거라도 하면 어쩌겠어."

"어머, 그런 애가 아니란 거 잘 알잖아요."

진은 강의 말에 화들짝 놀라며 정색을 했다.

"환경이 바뀌면 장담 못 해. 우리랑 떨어져 생활하면서 애가 좀 달라진 것 같기도 하고 말야."

둘 사이에 잠시 침묵이 흘렀다. 기숙사에 들어가겠다는 아이의 편을 들어준 것은 진이었기에, 그녀는 강의 말을 자신에 대한 비난으로 받아들였다.

"그 앤 그대로예요. 그리고,"

진은 물을 한 모금 마시더니 말을 이었다.

"어학연수는 꼭 보내야 해요."

강은 진의 말에 더 이상 대꾸하지 않고 집을 나섰다. 아이에 대해서만큼은 그녀는 자신의 의견을 잘

굽히지 않았다. 이번에도 강의 반대 의견은 그녀의 결정에 별로 영향을 미치지 않을 것이다. 그는 차에 시동을 걸자마자 오디오 볼륨을 크게 올렸다.

여유로운 시즌이었기 때문에 일이 그리 많지 않았지만 집에 일찍 들어가고 싶지 않아 야근을 신청했다. 저녁 식사 시간이 다 되어갈 무렵 강의 휴대폰에 등록되지 않은 번호로 메시지가 왔다. 가사도우미였다. 오늘부로 일을 그만두겠다며, 일주일 치의 급여를 계좌로 보내주면 정말 감사하겠으나 자기가 갑자기 그만두는 것이니 주지 않아도 어쩔 수 없다고 생각한다는 내용이었다. 강은 잠시 망설이다가 통화 버튼을 눌렀다. 통화 연결음이 여러 번 울리더니 여자의 힘없는 목소리가 들려왔다. 그녀는 강에게 죄송하다고 했다.

"집사람하고 무슨 일이 있었습니까?"

"화장대 서랍을 뒤졌다고 오해를 받았어요."

강은 짧게 숨을 내쉬고는 천천히 말했다.

"집사람이 요즘 좀 예민해져서 그럴 겁니다. 원래 그런 사람이 아닌데."

"사모님이 그 가짜 눈을…"

"의안."

"네, 의안을 빼놓으신 채로 한쪽 눈으로 저를 노려

보면서 다그치시는데… 사장님께는 죄송한 말씀이지만, 너무 무서웠어요."

강은 눈을 감고 전화기를 들지 않은 손으로 이마를 짚었다. 의안을 뺀 진의 얼굴이 눈앞에 선명히 그려져 현기증이 났다.

"제가 가난하긴 해도 도둑질 같은 건 맹세코 안 하거든요."

"미안하게 됐습니다."

강이 새로운 가사도우미를 구할 때까지라도 일해주지 않겠냐고 부탁했으나 그녀는 여전히 힘없는 목소리로 거절했다. 강은 전화를 끊고 그녀의 계좌로 일주일 치 급여를 송금했다.

강이 집으로 돌아왔을 때 진은 재방송되고 있는 예능 프로그램을 보며 소리 내어 웃고 있었다. 아침에 아들의 어학연수 문제로 실랑이했던 일이나 가사도우미와의 트러블 같은 것은 진의 머릿속에서 이미 사라진 것처럼 보여 강은 이야기를 어떻게 시작해야 할지 좀 망설여졌다. 그는 무심히 말하는 쪽을 택했다.

"일하는 아줌마 그만두겠다고 연락 왔었어."

"당신한테?"

진은 리모컨의 전원 버튼을 눌러 텔레비전을 껐다. 연예인들의 시끄러운 목소리가 사라지고 거실에 정적이 흘렀다.

"내일부터 못 나온다니까 다른 사람 알아봐."

"당신 전화번호는 어떻게 알았대요?"

"당신이 알려준 거 아냐?"

"난 알려준 적 없어요."

"아무튼, 그게 중요한 게 아니잖아. 빨리 다른 사람을 찾아야지."

"이게 왜 안 중요해요? 이상하잖아요. 그 여자가 어떻게 당신 전화번호를 알죠?"

"지금 무슨 소릴 하는 거야?"

강은 자신도 모르게 조금 언성을 높이며 말했다. 자주 있는 일이 아니었기에 진은 잠시 당황했다가 곧 태도를 바꾸어 말했다.

"미안해요. 당신을 의심한 건 아니었어요."

"어쨌든… 아직 무리하면 안 되니까 일할 사람을 빨리 새로 구하도록 해."

"그럴게요."

강은 가사도우미에게 돈을 보내준 일은 이야기하지 않기로 마음먹었다. 진은 방으로 들어가는 강의 뒷모습을 가만히 바라보았다. 그녀는 강이 자신에게 말하지 않은 무언가가 있다고 느꼈고, 그 직감은 그녀를 조금 불안하게 만들었다.

머릿속에 여러 가지 생각들이 뒤섞여서 강은 며칠 동안 일에 집중하기가 어려웠다. 아들이 미국의 슬럼가에서 하얀 가루를 코로 흡입하는 모습이 그려지기도 했고, 진이 어두운 침실에서 의안을 뺀 채로 자신을 노려보는 모습이 상상되기도 했다. 강은 그런 잡념들을 떨쳐버리고 싶었으나 생각이라는 것은 자신의 의지대로 나타나고 사라지고 하는 것이 아니었다. 잡념의 회오리 속에서 온몸이 들끓는 듯한 느낌을 참을 수가 없어서 강은 일을 하다 말고 옥상 쉼터에 올라가 바람을 쐬었다. 잠시 후 동료 윤이 담배를 피우러 올라와서는 말했다.

"오늘 퇴근 후에 한잔하자시네. 부장님이."

"알았어."

윤의 말에 강은 별 고민 없이 고개를 끄덕였다.

"간단히 마시고 스크린 한판 하자던데."

윤은 강의 눈치를 슬쩍 보며 말했다. 강이 대답을 하지 않자 윤은 다시 조심스레 입을 열었다.

"골프는 아직 좀 그런가?"

강은 며칠 전 거실에서 잡았던 그립의 느낌을 떠올렸다. 스윙, 허공을 가르는 시원한 소리, 그리고 빠르게 뛰는 심장 박동.

"아냐. 괜찮아. 오랜만에 한판 하지 뭐."

"그래, 잘 생각했어. 스크린인데 뭐 어때? 부장님이 좋아하시겠네. 에이스 빠지니까 재미없다고 매번 투덜대셨는데."

윤은 다시금 밝아진 목소리로 강에게 말하고는 담배를 입에 물었다. 괜찮을까? 강의 머릿속에 진의 얼굴이 스쳐 지나갔다.

일에 집중하다 보니 오후의 일과는 좀 더 빠르게 흘러갔고, 강과 그의 일행은 공식 퇴근 시간보다 30분 일찍 업무를 마무리하고 횟집에 모였다. 회식은 모처럼 유쾌했다. 그래서 강은 진에게 연락하는 것을 잊었다. 식사를 겸한 간단한 술자리는 두 시간 만에 끝이 났고, 그들은 근처 스크린 골프장으로 발걸음을 옮겼다. 강은 스크린에 펼쳐진 선명한 녹색의 필드를 보는 순간, 한여름 아무도 없는 풀장에 다이빙을 하는 것 같은 기분을 느꼈다. 거의 1년 만의 게임이었지만 그의 실력은 별로 녹슬지 않았고 일행들은 모두 그를 치켜세워 주었다. 스크린 속에 펼쳐진 푸른 잔디, 은빛으로 반짝이는 골프채, 손아귀에 꽉 움켜쥐고 싶은 하얀 공은 모두 그를 위해 존재하는 것만 같았다. 내기 게임이었고 강이 이겼지만, 그는 너무도 기분이 좋아서 일행의 만류에도 불구하고 게임비를 계산하고는 대리 기사를 불러 집으로 향했다.

강은 진이 잠들어 있길 바랐다. 하지만 진은 거실 소파에 앉아 그를 기다리고 있었다. 텔레비전도 불도 켜지 않은 채, 팔짱을 끼고 앉은 채로. 강이 거실 불을 켜자 진은 눈을 약간 찡그리며 그를 바라보았다.

"아직 안 잤어?"

"왜 이렇게 늦었어요? 연락도 없이."

"미안해. 갑자기 회식이 생겨서 말야."

"전화도 두 번이나 했었는데."

"그랬어?"

강은 가방에서 휴대폰을 꺼내 보는 시늉을 했다. 사실 골프를 치고 있을 때 전화가 온 것을 알고도 그는 받지 않았었다. 모처럼 도취된 순간을 방해받고 싶지 않았던 것이다. 진은 강을 가만히 바라보더니 조금 떨리는 목소리로 물었다.

"당신 혹시 나한테 숨기는 거 있어요? 나 모르게 누구를 만났다거나."

"무슨 소리야?"

"그 여자 만났죠?"

"그 여자라니?"

진은 숨을 한 번 들이켜더니 애써 침착한 목소리로 빠르게 대답했다.

"며칠 전에 그만둔 아줌마."

"말이 되는 소릴 해. 내가 그런 여잘 왜 만나?"

"이상해서 그래요. 그 여자가 당신 전화번호를 알고 있질 않나, 당신 계좌에선 그 여자 이름으로 송금이 되어 있고."

"내 계좌 확인한 거야?"

"안 그러던 사람이 갑자기 연락도 없이 늦게 오고."

강은 천장을 한 번 쳐다보고는 한숨을 내쉬며 진의 옆에 앉았다.

"아줌마한테 보낸 돈은 일한 날짜만큼 계산해서 준 거야. 갑자기 그만뒀어도 돈은 줘야 하잖아. 그리고 오늘은 일도 바빴고 갑자기 회식에 가게 된 데다 곧바로 스크린 골프 한판 하느라고 연락 못 한 거야."

"당신… 골프를 쳤어요?"

진이 갑자기 언성을 높이며 강을 똑바로 쳐다보았다. 강은 당황했다. 그리고 곧 기분이 언짢아졌다.

"내가 치고 싶어서 친 줄 알아? 사회생활 하다 보면 어쩔 수 없을 때도 있어."

"내 눈을 봐요. 당신 벌써…"

진은 곧 울음을 터뜨렸다. 형광등 불빛에 유독 반짝이는 그녀의 왼쪽 눈과 그 아래로 흘러내리는 눈물을 보며 강은 목소리를 낮출 수밖에 없었다. 그는 짧게 한숨을 쉬었다. 그리고 그녀에게 말했다.

"미안해. 내가 좀 더 당신을 생각했어야 했는데."

진은 조금 더 훌쩍이더니 다시금 차분해진 목소리로 입을 열었다.

"아니에요. 내가 미안해요. 아직은 좀 힘들어서 그래요. 당신에게 화를 낸 건 아니었어요. 나도 모르게 목소리가 좀 높아졌어요."

강은 그녀를 안고 등을 어루만졌다. 장식장 안에 세워져 있는 아이언이 너무도 눈부시게 빛나는 것 같아서 강은 두 눈을 감았다. 그들은 침묵 속에서 안도감을 느꼈다. 서로 조금 언성을 높였을 뿐, 그들은 서로를 여전히 사랑한다고 믿었고 그들이 누리고 있는 평온하고 안락한 삶은 앞으로도 전혀 나빠지지 않을 거라고 확신했다. 문득 고요한 공기를 가르고 자동차 급브레이크를 밟는 소리와 뭔가가 둔탁하게 부딪치는 소리가 밖에서 들려왔다. 하지만 그들과는 관계없는 일이었기에 진과 강은 서로에게서 팔을 풀지 않은 채 소파에 오래도록 앉아 있었다.

오후 네 시의 동물원

애초에 여길 오는 게 아니었다고 상욱이 말했다. 밤
새 화장실을 여러 번 들락거린 그의 얼굴에는 피로와
짜증이 푸석거리며 뒤섞여 있었다. 뭐가 잘못된 걸까.
도연은 전날 먹은 음식들을 떠올려 보았다. 호텔 조
식이나 백화점 푸드코트에서 먹었던 점심 식사는 네
식구가 모두 같은 것을 먹었으므로 한 사람만 탈이
나지는 않았을 것이다. 의심할 수 있는 건 저녁뿐이
었다. 뷔페 음식처럼 진열된 30여 종의 반찬 중에 자
신의 식기에 담은 만큼 계산하고 먹을 수 있는 식당
이었는데, 비교적 저렴하게 현지 가정식을 맛볼 수 있
다기에 일부러 찾아간 곳이었다. 생선 구이를 좋아하
는 상욱은 잘 구워진 생선 두 마리를 제일 먼저 식판
에 담았다. 도연은 달걀과 두부 등 아이들이 좋아하
는 반찬을 먼저 챙겨주고, 자신의 식판에 채소 요리
들을 몇 가지 담았다. 푸른 채소들에 버무려진 이국

의 향신료가 혀끝에 닿는 순간 도연은 그 낯선 감각
에 짧게 소스라쳤다.

생선 구이가 문제였을까.

그걸 어떻게 알겠어. 안다 해도 가서 따질 수 있는
것도 아니고.

그렇긴 하네.

그냥 제주도나 갈걸.

어디를 가든 배탈은 날 수 있잖아, 라는 생각이 들
었지만 도연은 잠자코 있었다. 아침 내내 상욱의 말
에는 가시가 돋혀 있었다. 이런 때 대화를 이어가려는
노력은 아무런 도움이 되지 않았다.

상욱은 원래 여행을 즐기는 타입이 아닌데다, 도연
이 선택한 여행지를 마음에 들어 하지도 않았다. 그
나라의 수도도 아니고 특별한 랜드마크랄 것도 없는
항구 도시에 가서 뭘 하겠냐는 것이었다. 하지만 도
연의 생각은 달랐다. 유명 관광지의 화려함에 동반되
는 기시감보다는 소도시의 평범한 낯섦을 느끼고 싶
었고, 단체 관광객들의 시끌벅적함보다 현지인들의
작은 말소리들을 더 듣고 싶었다. 물론 그들의 선택
지를 협소하게 만든 일차적인 조건은 빠듯한 여행 경
비였다. 넉넉하지 않은 예산으로 네 식구가 움직이려
니 갈 만한 곳은 일본이나 중국 정도였는데, 한국과

다를 바 없는 추운 날씨 때문에 망설여졌다. 그때 도연에게 가오슝으로 가는 특가 항공권이 눈에 띄었다. 제주도로 가는 항공권과 맞먹을 정도로 저렴한 가격이었고 대만의 남부 도시라 1월에도 날씨가 따뜻하다는 점이 특히 마음에 들었다. 요즘 은비 또래 중에 해외여행 한 번도 안 가본 애들 드물어. 굳이 가야겠냐며 귀찮아했던 상욱은 은비 이야기를 하자 더 이상 반대하지 않았다. 모든 준비는 도연의 몫이었기에 며칠 동안 자정을 넘기면서까지 컴퓨터와 가이드북 사이에서 눈을 혹사시켜야 했지만 그 정도쯤이야 즐거운 피로였다.

약이라도 사 올게.

도연은 손가방을 챙겨 들고 신발을 신었다. 한 손에 든 메모지에는 구글을 통해 번역한 설사, 복통, 성인 남자 등의 한자가 적혀 있었다.

나갈 거면 은호 데리고 가.

무슨 말인지 알아들을 수도 없는 TV 방송의 채널을 습관처럼 돌리며 상욱이 말했다. 서운함은 언제나 사소한 일에서 비롯됐다. 지난 1년간 그가 은호의 아빠 역할에 충실했음에도 문득문득 겨울바람이 새어 들어오듯 마음 한 켠이 서늘해지는 순간이 있었다. 그리고 그건 자신이 은비를 대할 때도 마찬가지일 거라는 생각에 도연은 가끔 서글퍼졌다.

은비의 친엄마는 3년 전, 그러니까 은비가 여덟 살 때 위암으로 세상을 떠났다. 어린 나이에 상실을 경험한 아이들이 대부분 그렇듯이 은비 역시 또래에 비해 조숙했다. 도연에게 속마음을 내주지는 않았지만 예의 바르게 행동했고 자신에게 닥친 여러 가지 변화들을 무던하게 받아들이는 편이었다. 친엄마의 죽음 전후로 양가의 조부모에게 번갈아 맡겨지고 아빠의 재혼으로 새엄마와 동생이 생긴 일련의 사건들을 겪으면서도 아이는 겉으로 힘든 내색을 하지 않았다.

은비도 같이 갈래?

바닥에 앉아 장난감 자동차를 가지고 놀던 은호를 일으켜 세우며 도연이 물었다. 은비는 고개를 젓고는 손에 들고 있던 휴대폰 화면에 다시 눈을 두었다. 상욱은 여전히 TV 채널을 돌리고 있었다. 알 수 없는 이국의 언어들이 완성되지 못한 채 공기 속으로 흩어졌다.

정오가 지나자 상욱은 상태가 좀 호전되었는지 어디든 나가보자고 말했다. 오전 내내 은비는 휴대폰만 만지작거리고 있었고 도연은 답답해하는 은호를 데리고 호텔 로비에만 몇 번을 내려갔다 왔었다. 원래 계획대로라면 이미 동물원에 다녀와 다른 목적지로 이동할 시간이었다. 도연은 계획표에 있던 오후 일정을 포기하고 동물원만 다녀오자고 상욱에게 말했다.

밖으로 나오니 덥고 습한 기운이 온몸을 감쌌다. 몇 시간 전에 약을 사러 나갈 때와는 사뭇 다른 공기였다. 그래도 은호는 바깥바람을 쐬니 기분이 좋은 모양이었다. 상욱과 도연의 손을 한 쪽씩 잡고 날아갈 듯 점프를 했다. 아빠, 점프! 아빠, 점프! 은호가 외칠 때마다 상욱과 도연은 아이를 잡은 손을 번쩍 들어올려 주었고 그때마다 꺄르르, 하고 웃음소리가 터져 나왔다.

친아빠에 대한 기억이 없는 은호는 자연스럽게 상욱을 친아빠로 여겼다. 도연은 그 점이 다행스럽다고 여기면서도 한편으론 은비에게 미안했다. 은비가 차라리 은호 정도의 나이였다면 좋았을 텐데. 큰 걸음으로 성큼 다가가기엔 아이가 이미 많은 기억과 상처들을 제 속에 품고 있었다. 은비, 은호, 꼭 돌림자 쓴 남매 이름 같네. 결혼 전 상욱이 농담처럼 말한 적이 있었다. 그러네, 진짜 남매 같네. 그때 도연은 아이들의 이름 한 글자가 같다는 게 좋은 예감처럼 느껴졌었다. 결혼 후 도연은 곧바로 은호의 성을 바꾸었다. 갑자기 정은호에서 조은호로 바뀌었지만 아이는 이

전의 성을 금세 잊었다. 그럴 만한 나이였다.

도연은 은호의 구령에 맞춰 팔을 들어 올리다가 곁눈으로 은비를 보았다. 은비는 아무런 표정 없이 그저 앞을 보며 걷고 있었다. 도연의 옆에서 한 발짝 거리를 둔 채였다. 아빠의 손을 잡기에는 너무 커버린 여자애였고, 새엄마의 손을 스스럼없이 잡기에는 아직 덜 자란 아이였다. 은호의 웃음소리가 커질수록 도연은 은비가 마음에 걸렸다. 몇 번의 망설임 끝에 도연은 은비를 끌어당겨 손을 잡았다. 아이는 약간 놀란 듯한 표정이 되더니 슬그머니 손을 빼내 주머니에 넣었다. 그러고는 도연의 마음이 상할 것을 염려했는지, 주머니에 넣는 게 편해서요, 하고 변명처럼 작게 중얼거렸다.

그들은 버스 정류장 근처에서 점심을 먹고 움직이기로 했다. 길 건너편 패스트푸드점으로 가자는 상욱의 말에 도연은 조금 머뭇거렸다.

햄버거 괜찮겠어? 죽 같은 걸 먹어야 되는 거 아냐?

여기서 죽집을 어떻게 찾아.

검색해보면 되지.

됐어. 애들 데리고 찾아다니기도 번거롭고.

건널목의 신호가 바뀌자 상욱은 은호의 손을 잡고 앞서 걸어갔다. 길 건너편에는 햄버거 가게의 익숙한

로고가 그들을 기다리고 있었다.

　대학 시절 같은 학과 동기였던 상욱과 도연은 학번이 앞뒤로 붙어 있어서 전공 수업의 조별 과제를 종종 같이 해야 했다. 각자의 수업 시간표와 하교 후 스케줄이 달랐기에 주로 점심시간을 이용해 학교 앞 패스트푸드점에서 끼니를 해결하며 의견을 나누는 경우가 많았다. 그 당시 도연은 아르바이트로 빠듯하게 학비와 생활비를 충당하는 처지였다. 학교 구내식당 점심값의 두 배인 햄버거 세트 가격은 부담스러웠다. 그곳에서 조별 모임을 할 때마다 도연은 물을 챙겨갔고, 가장 저렴한 햄버거 단품만 주문해서 먹었다. 친구들에게는 감자튀김과 탄산음료를 좋아하지 않는다고 말했다.

　너 항상 데리버거만 시켜 먹었잖아. 15년 만에 동창회에서 다시 만나게 되었을 때 상욱이 말했다. 기억력 좋네. 감탄하는 도연에게 상욱은 당연하다는 듯 말을 이었다. 너한테 관심 있었으니까. 그러고는 잠깐의 침묵이 어색했는지, 다 옛날 일이지, 하고 덧붙였다. 그랬었나? 도연은 대학 시절 상욱의 모습을 떠올려보았다. 특별한 기억은 없었다. 상욱 뿐만 아니라 실은 다른 동기들에 대해서도 마찬가지였다. 추억이나 낭만을 쌓기엔 너무나도 분주하고 피곤했다. 장학금을 받아 학비 부담을 조금이라도 줄이려면 수업 시간에 한눈팔 겨를이 없었고, 주말까지 쉬지 않고 아르바이트를 해야 겨우 생활비가 메꿔졌다. 그 시절을 생각하면 얼마 안 되는 통장 잔고와 곰팡이 핀 벽지, 그리고 지하철 막차에서 꾸벅꾸벅 졸던 자신의 모습밖에 떠오르지 않았다. 너, 사실 감자랑 콜라 싫어하는 거 아니었지? 같이 먹자고 하고 싶었는데 그땐 그 말이 안 나오더라. 상욱의 말에 도연은 얼굴이 붉게 달아올랐다. 들키고 싶지 않았던 그 시절의 궁핍을 들춰내선지, 옛 감정에 대한 갑작스런 고백을 받아선지 분간할 수 없었다.

뒤늦게 시작된 그들의 연애는 반쯤 식은 찻물 같았다. 망설임 없이 들이켰지만 혀를 델 걱정은 하지 않아도 되었다. 데이트의 목적은 언제나 명확해서 특별히 기대할 것도 아쉬울 것도 없었다. 모텔에서의 짧은 격정이 끝나면 그들은 서둘러 몸을 씻고 각자의 아이를 데리러 가야 했다. 그런 단순한 과정마저도 피곤하다고 느껴질 무렵 상욱은 도연에게 청혼을 했다. 상처한 지 2년 만이었고, 그동안 자주 집을 오가며 살림을 챙겨주던 그의 모친이 건강 문제로 더는 도와주기가 어렵겠다고 선언했을 무렵이었다.

평일 오후 동물원으로 가는 버스 안은 한산했다. 중간중간 노인 몇몇이 타고 내렸으나 산비탈로 접어들면서 승객은 그들만 남았다. 도연은 버스 기사에게 동물원에 도착하면 알려달라고 영어로 부탁했다. 버스 기사는 잠깐 침묵하더니 알아들을 수 없는 중국어로 무심하게 대답했다. 도연은 메모지와 펜을 꺼내 동물원이라는 한자를 커다랗게 써서 그에게 보여주었다. 버스 기사는 고개를 끄덕이며 다시 중국어로 긴 설명을 덧붙였다. 도착하면 세워주겠다는 말이겠지. 도연은 미심쩍은 마음을 접어두고 원래 자리로 돌아가 앉았다. 그때 주머니에서 휴대폰의 진동이 울렸다. 언니였다.

전날 언니에게서 온 문자 메시지에 도연은 답을 하지 않았다. 도연아, 정말 급해서 그러는데 오십만 원만 빌려줘. 1년에 한두 번은 있는 일이었고 도연은 그때마다 이유를 묻지 않고 돈을 보내주었다. 물론 한 번도 돌려받지는 못했다. 대학을 졸업한 후부터 지금까지 언니에게 빌려준 돈은 어림잡아 이천만 원이 넘었다. 모아놓고 보면 큰돈이지만, 소액으로 드문드문 부탁했었고 그때는 도연도 돈을 벌고 있었기에 모른 척하기가 어려웠다. 하지만 이제는 일도 그만두었고, 상욱의 월급만으로 아이 둘을 키우고 있는 상황이었다. 비상금 통장이 하나 있긴 했지만, 그곳의 잔고마저도 더 이상 여유롭지는 못했다. 도연은 휴대폰을 도로 주머니 안에 넣었다. 진동은 오랫동안 울린 끝에 멈췄다.

오후의 나른한 햇살을 받으며 천천히 산비탈을 오르던 버스는 낡은 표지판이 세워진 정류장에 정차했다. 버스 기사는 고개를 돌려 그들을 보더니 무슨 말인가를 짧게 내뱉었다. 여기에 내리라는 건가? 도연은 창밖으로 주위를 둘러보았다. 동물원 입구 같은 것은 눈에 띄지 않았다.

동물원에 가려면 여기서 내려야 하나요?

영어로 묻는 도연의 말에 버스 기사는 여전히 중국어로 대답했다. 소통되지 않는 말들은 허공을 부유했다.

우리밖에 없는데 여기 세우는 거 보니 내리라는 거겠지?

이 버스가 맞긴 한 거야?

버스는 맞아. 동물원이 산 중턱에 있는 것도 맞고.

상욱은 미심쩍은 표정을 지으며 잠든 은호를 안고 일어섰다. 도연은 창문에 기대 졸고 있는 은비의 어깨를 두드렸다. 버스의 뒷문이 열렸고, 그들은 다시 덥고 습한 공기 속으로 발을 내딛었다.

분명 이 근처일 텐데.

도연은 휴대폰을 꺼내 구글맵을 켰다. 신호가 잘 잡히지 않았다. 가이드북을 펼쳐 동물원이 표시되어 있는 지도를 보았지만 그들이 서 있는 곳이 어디쯤인지 도무지 알 수가 없었다.

그러게 택시를 타자니까.

상욱이 미간을 찌푸리며 말했다. 그는 도연의 몸에 밴 검소함을 종종 불편해했다. 살아온 환경이 다르니 어쩔 수 없는 일이었다. 대학 시절부터 가족의 도움 없이 자립해야 했던 도연과는 달리, 상욱은 부모의 조력으로 학비나 용돈 걱정 없이 학교를 다녔고 졸업 후엔 곧바로 공무원이 되어 안정된 생활을 해왔었다. 부친이 일찌감치 그의 이름으로 마련해놓은 아파트 덕에 대출받을 일도 없었고, 전 부인의 투병 기간에는 처가에서 도움을 주었다고 했다. 그저 평범한 월급쟁이임에도, 평생 기댈 언덕을 지니고 살아온 사람 특유의 여유가 그에게는 있었다. 도연은 그 점이 부러우면서도 가끔 불안했다.

잠깐만 있어봐. 내가 한번 살펴보고 올게.

도연은 가족들을 두고 산비탈 아래로 걸어 내려갔다. 정류장에 내리기 전에 얼핏 표지판 같은 것을 본 기억이 나서였다. 주위를 두리번거리며 제법 걸어갔지만 표지판은 눈에 띄지 않았다. 도연은 복잡한 미로 속에 갇힌 기분이 되었다. 막막함을 가득 안고서 다시 정류장을 향해 발걸음을 돌리려는 순간 멀리서 허리를 잔뜩 구부린 채 느리게 움직이고 있는 한 노인이 보였다. 도연은 모처럼 발견한 인기척이 사라질세라 서둘러 뛰었다.

노인이 알려준 방향을 따라 그들은 한참을 걸어 올라갔다. 그는 도연이 내민 가이드북을 눈을 찡그려가며 들여다보다가 마침내 고개를 끄덕이며 산비탈 위쪽을 가리켰었다. 중국어로 친절하고도 긴 설명을 덧붙여주었지만 도연이 이해할 수 있는 건 오직 손짓뿐이었다. 그래도 이 근처가 맞긴 맞는 모양이어서 겨우 안도할 수 있었다. 가끔 그들 옆으로 버스나 승용차가 한 대씩 지나갔고 나무 위에서는 까마귀가 긴 울음을 울었다.

힘들지? 내가 좀 업을까?

됐어.

잠에서 덜 깬 은호는 걷지 않으려고 칭얼댔고, 하는 수 없이 상욱은 아이를 업고 십 분째 오르막길을 걷고 있었다. 이마와 관자놀이 주변에 땀이 송글송글했다.

상욱의 어머니는 은호의 어리광을 무척 불편해했다. 애를 너무 버릇없이 키우는 거 아니니? 그만한 아이의 흔한 장난이나 투정 앞에 그녀는 자주 미간을 찌푸렸다. 애가 아직 어려서 그렇죠, 뭐. 상욱이 별일 아니라는 듯 받아넘기면 어머니의 목소리는 더욱 단호해졌다. 은비는 안 그랬다. 너 어릴 때도 안 그랬고.

어머니 말 너무 신경 쓰지 마. 집으로 돌아올 때면 상욱은 그런 식으로 분위기를 무마하곤 했지만, 도연은 사실 그런 말이 신경 쓰이지는 않았다. 그냥 뭐든 마음에 안 드시는 거겠지, 라고 생각하면 오히려 마음은 편해졌다. 대놓고 결혼을 반대한 것은 아니었어도, 처음부터 도연과 은호를 탐탁지 않아 한다는 것은 알고 있었다. 은비 때문에라도 재혼은 시켜야겠지만, 이왕이면 여자 쪽에 딸린 아이가 없기를 바라는 눈치였다. 자신을 향한 시어머니의 은근한 무례를 도연은 그냥 모른 척했다. 다만 신경 쓰이는 것은 아이들이었다.

저기 같은데요.

은비의 손짓에 상욱과 도연은 일제히 고개를 들었다. 저 멀리 어렴풋하게 알록달록한 표지판이 보였다. 도연은 안도의 한숨을 내쉬며 상욱을 바라보았다. 도착하기도 전에 너무 지쳐선지 상욱의 얼굴에 별로 반

가운 기색은 없었다.

동물원 입구는 조잡한 벽화와 동물 모양의 판넬들로 다소 어수선해 보였다. 도연이 매표소에서 입장권을 끊어 오는 사이 잠이 깬 은호는 상욱의 등에서 내려와 동물 판넬들 사이를 방방거리며 뛰어다니고 있었다.

저기, 야생 원숭이가 있네.

도연이 다가오자 상욱은 매표소 오른편의 산을 가리켰다. 울창한 나무 사이로 회색 털을 가진 원숭이 두 마리가 보였다. 도연은 은비와 은호를 불렀다. 모처럼 은비의 눈이 동그랗게 커졌다. 철창 안에 갇히지 않은 야생 원숭이는 아이들의 주의를 끌기에 충분했다.

카메라 줘봐.

도연은 한쪽 어깨에 메고 있던 카메라 가방을 상욱에게 건넸다. 최근에 구입한 고급형 DSLR로, 상욱이 애지중지하는 것이었다. 이전에 가지고 있던 카메라를 중고로 처분하고 만기된 적금의 일부를 보탰다. 도연이 생각할 때 비싼 새 카메라는 사치임이 분명했지만, 그가 갖고 있는 유일한 취미가 사진이었으므로 말리지는 않았다. 그다지 흥미 없어 했던 이번 여행에서도 사진을 찍는 순간만큼은 그의 얼굴에 생기가 돌았다. 상욱은 아이들을 향해 먼저 셔터를 몇 번 누르고는 줌을 당겨 야생 원숭이의 모습을 카메라에 담았다.

참, 은비 학교에 가족사진 가져가야 되는데.

방학 과제물 중 하나였다. 여행 보고서와 함께 가족사진을 붙여 오라고 했다. 이런 숙제는 너무하다, 라고 도연은 가정통신문을 읽으며 생각했다. 여행을 갈 처지가 안 되는 아이는 어쩌나. 엄마나 아빠가 없는 아이는 또 얼마나 속상할까. 은비 역시 엄마가 없던 몇 년간 그랬을 것이고 어쩌면 지금도 크게 다르지는 않을 것이다. 평범해 보이는 가족사진을 가져갈 수는 있지만 그 속에 친엄마가 없는 것이 서러울지도, 새 가족을 남들에게 보여주기가 어색할지도 모른다.

그래? 여기서 하나 찍을까? 동물원 입구 나오게.

상욱의 말에 은비가 무심하게 고개를 끄덕였다. 도연은 사진을 부탁할 사람이 있을까 싶어 동물원 안쪽을 들여다보았지만 아무도 보이지 않았다.

사진 부탁할 사람이 안 보이네.

삼각대 가져왔어. 타이머 맞춰 놓고 찍으면 돼.

상욱이 가방에서 삼각대를 꺼내 카메라를 장착하는 동안 도연은 아이들을 데리고 적당한 곳에 섰다.

상욱은 피사체가 된 그들을 이리저리 조금씩 움직여 보게 하며 최상의 위치를 찾더니 마침내 셔터를 누르고 달려왔다.

계속 웃고 있어.

상욱은 그렇게 말하고는 도연의 옆에 섰다. 카메라의 빨간 불빛이 반짝거리는 짧은 대기 시간이 도연은 무척 길게 느껴졌다. 이토록 어색한 시간 동안 서로의 얼굴을 바라보고 있는 게 아니어서 다행이라고 생각할 무렵 마침내 찰칵, 하는 소리가 났다.

잘 나왔는지 한번 볼까.

상욱이 카메라 쪽으로 걸음을 내딛는 순간이었다.

나도 볼래! 나도!

은호가 통통거리는 공처럼 제자리에서 튀어나갔다. 붙잡거나 말릴 겨를도 없었다. 상욱이 은호의 이름을 외쳤을 때 이미 삼각대는 쓰러져 있었다. 아이는 잠시 어리둥절해 있더니 곧 자신이 저지른 일이 무엇인지 알고는 큰소리로 울기 시작했다.

카메라 렌즈는 금이 갔고 본체는 먹통이 되었다. 도연이 은호를 가볍게 나무라는 동안 상욱은 굳은 표정으로 카메라를 이리저리 살펴보더니 이내 가방 안으로 집어넣었다. 도연은 상욱의 안색을 살피며 조심스럽게 입을 열었다.

어쩌지?

한국 가서 수리 맡겨봐야지, 뭐.

내가 은호를 붙잡고 있을걸.

됐어. 신경 쓰지 마. 이럴 줄 알았던 것도 아니고.

상욱은 괜찮다고 했지만 도연은 그가 무척 화가 났다는 것도, 그걸 감추려 애쓰고 있다는 것도 이미 충분히 알 수 있었다.

동물원 안은 적막했다. 그도 그럴 것이 평일의 늦은 오후, 폐장이 두 시간 남짓 남은 시간이었다. 주로 어린이나 학생이었을 단체관람객은 분명 오전에 다녀갔을 것이고, 가족 단위의 관광객도 일찌감치 와서 여유 있게 둘러보고 갔을 것이다. 동물원 규모가 아주 큰 것은 아니었지만, 아이들을 데리고 움직이려면 두 시간은 빠듯했다. 도연은 홍학을 보느라 정신이 팔려 있는 은호의 손을 잡아끌었다.

다른 동물들도 많아. 홍학은 내려올 때 또 보자.

도연은 멀찍이 떨어진 채 서 있는 상욱을 힐끔 보았다. 애초에 동물에는 관심도 없었겠지만, 미간에 주름이 잡힌 채 손에 있는 휴대폰 화면만 들여다보고 있는 게 신경 쓰였다. 신호도 잡히지 않을 텐데. 도연은 아이들을 이끌고 앞장서서 걸었다. 몇 미터 앞에 제법 높은 나무 울타리가 커다란 타원으로 이어져 있었고, 안쪽에는 나무 몇 그루와 물웅덩이가 보였다. 은비가 먼저 뛰어가 울타리에 부착된 팻말을 보고 왔다.

하마래요.

은비의 말에 은호가 도연의 손을 놓고 달려가 울타리에 매달렸다. 그리고는 뒤따라온 그들에게 말했다.

하마 없어.

그러게. 어디 갔을까.

도연은 실망한 아이의 주의를 돌리기 위해 다른 동물을 찾았다. 입구에서 받은 안내 지도를 보니 근처에 호랑이 표시가 있었다. 하지만 이내 찾아간 곳에 호랑이는 잠들어 있었고, 그림처럼 아무 움직임이 없는 동물은 아이의 관심을 끌지 못했다. 그 이후로도 마찬가지였다. 동물들은 대체로 무기력하게 늘어져 있거나 잠들어 있었다. 늦은 오후의 나른한 햇살 때문인지, 그들을 귀찮게 하는 관람객이 거의 돌아간 시간이기 때문인지, 마치 동물원 전체에 수면제 가루라도 뿌려놓은 것만 같았다. 다시금 자리를 옮겨 그나마 느리게라도 움직이고 있는 육지거북을 보고 있을 때였다. 또 한 번 주머니에서 휴대폰의 진동이 울렸다. 전화 발신인은 언니일 것이 분명했다. 도연은 주머니 속 울림을 애써 모른 척하며 육지거북의 움직임을 가만히 지켜보았다.

언니는 고등학교 졸업 이후로 쉬지 않고 일을 해왔는데도 언제나 돈 문제가 끊이지 않았다. 부양가족이 딸린 것도 아닌데, 버는 돈이 모조리 어디로 새어나가는 것인지 도연으로서는 알 수가 없었다. 슬쩍 물으면 여러 가지 이유를 둘러댔으나 어느 것 하나도 절실한 문제는 아니었다. 그런 언니를 생각하면 도연은 자꾸만 마음이 무거워졌다. 부모를 일찌감치 잃고 함께 고생을 했지만 자매의 삶은 각자 달랐다. 대학을 나오고 제법 괜찮은 직장에 들어간 도연을 언니는 자랑스러워하면서도 질투했다. 넌 좋겠다, 무슨 복이니. 그건 누가 공짜로 준 복이나 운 따위가 아니라 그저 견디고 참으며 치열하게 살아온 결과라는 걸, 언니는 가장 가까이서 보아왔으면서도 인정하려 들지 않았다. 처음엔 서운했지만 계속 듣다 보니 아예 틀린 말은 아닌 것 같기도 했다. 노력했다고 해서 다 좋은 결과가 나오는 건 아니니까. 그것마저도 운이라면 운일 수도 있겠네, 하고 도연은 생각하게 되었다.

끝까지 올라갈 거야?

상욱이 물었다. 생동감이 거세된 듯한 동물원의 분위기에 도연도 이미 지쳐 있었다.

그래도 이왕 왔는데 대충이라도 다 둘러보는 게 좋지 않을까. 다른 데 가기도 애매한 시간이고.

상욱은 굳이 반대할 의지도 없다는 듯 무성의하게 고개를 끄덕였다. 그때 은호가 상욱의 옷자락을 잡아당겼다.

아빠, 풍선!

은호의 시선이 향한 곳을 보니 헬륨 풍선 한 묶음을 손수레에 매단 채 내려오는 초로의 한 남자가 보였다. 위쪽에서 물건을 팔다 장사를 접고 내려오는 모양이었다. 남자는 아이를 보고는 그들 쪽으로 손수레를 끌고 왔다. 도연이 풍선을 가리키며 가격을 묻자 남자는 주머니에서 지폐를 한 장을 보여주었다. 상욱이 고개를 저었다.

터무니없이 비싸네.

이런 데는 다 그렇지, 뭐.

괜히 무안해진 도연이 장사꾼을 변호라도 하듯 말했다. 은호는 상욱의 옷자락을 계속 잡아당겼다.

아빠, 풍선!

안 돼.

상욱의 단호한 거절에 도연은 조금 놀랐다. 평소에 아이의 요구에 깐깐하게 구는 타입은 아니기 때문이었다. 은호는 더욱 힘을 주어 그의 팔을 흔들며 아빠,

아빠, 하고 떼를 썼다. 그러자 상욱은 은호를 휙 뿌리치며 소리쳤다.

안 된다고 했잖아!

은호는 뒤로 엉덩방아를 찧으며 넘어졌고 그와 동시에 큰소리로 울기 시작했다. 도연은 아이를 일으켜 세우며 상욱에게 말했다.

왜 그래. 좋게 말하면 될 걸.

도연의 목소리에 서운함이 깃들었다. 망가진 카메라 때문일까. 설령 그렇다 해도 그저 아직 철이 없을 뿐인 어린 아이를 밀쳐버리는 건 너무하다고 도연은 생각했다.

애를 너무 버릇없이 키우면 안 되니까.

눈을 마주치지 않고 말하는 상욱의 모습에 시어머니의 얼굴이 겹쳐졌다. 그들의 모습을 가만히 지켜보던 장사꾼은 체념하듯 손수레의 방향을 돌려 원래 가던 방향으로 내려가기 시작했다. 은호의 울음 소리는 더욱 커졌다.

그때 갑자기 말없이 서 있던 은비가 손수레를 향해 뛰어가더니 크로스백에서 지폐 한 장을 꺼내 남자에게 건넸다. 여행 첫날 친구들에게 줄 선물이라도 사라고 넣어주었던 돈이었다. 은비는 남자에게서 받아온 풍선의 손잡이를 은호의 손에 꼭 쥐어주고는 별

감정이 담기지 않은 목소리로 말했다.

　어차피 선물 사주고 싶은 친구도 없어요.

　도연은 무슨 말을 해야 할지 알 수 없었다. 은호의
서러운 울음도 은비의 때 이른 어른스러움도 모두 마
음을 무겁게 누를 뿐이었다.

　돌아가야 할 때가 된 것 같아. 양과 염소 몇 마리가
모여 있는 나무 울타리 앞에서 도연은 생각했다. 아
이들은 울타리 옆에 쌓여 있는 풀을 한 움큼씩 집어
양과 염소의 입에 넣어주고 있었다. 제법 굶주리고 있
었던 것인지 녀석들은 풀을 내미는 족족 빠르게 물어
갔다. 그나마 이 동물원에 오고 나서 가장 활기찬 순
간이었다.

　여기 좀 있어. 화장실 갔다 올게.

　내내 말없이 한 걸음 멀찍이 떨어져 있던 상욱이 미
간을 찡그리며 말했다. 한 손으로 아랫배를 잡고 있
는 걸 보니 다시 배가 아파오는 모양이었다. 도연은
고개를 끄덕였다. 왔던 길을 빠르게 되짚어 내려가는
상욱의 뒷모습을 보며 도연은 오늘 하루 그들에게 일
어난 일들을 떠올렸다. 계획은 언제나 틀어지기 쉽고
예상치 못한 일들은 종종 그들의 발목을 붙잡았다.
하지만 진짜 문제는 그런 것들이 아닐지도 몰랐다.

엄마, 배고파.

양에게 먹이를 주다 말고 은호가 말했다. 도연은 주위를 둘러보았다. 근처에 마침 나무 벤치가 있었다.

저기로 가서 아빠 올 때까지 간식 먹고 있자.

아이들은 손에 들려 있던 풀을 울타리 안으로 던져 넣고는 벤치로 가서 앉았다. 도연은 물티슈를 꺼내 은비에게 한 장 건네주고 은호의 손을 닦아주었다. 은호는 헬륨 풍선을 놓칠까 봐 왼손 주먹을 꽉 쥐고 펴지 않았다. 그렇게 좋을까. 도연은 아이의 작은 주먹을 보며 슬그머니 미소 지었다.

과자 봉지를 뜯어 아이들 사이에 놓아주고 도연은 물을 한 모금 마셨다. 제법 갈증이 났던 터라 미지근한 물조차 달게 느껴졌다. 그때 동물원의 적막을 깨고 안내 방송이 울려 퍼졌다. 음질이 무척 좋지 않았는데 어차피 영어 안내가 없었기 때문에 귀를 기울여도 무슨 말인지 알 도리는 없었다. 폐장 시간을 안내하는 걸까. 도연은 휴대폰을 꺼내 시간을 확인하고 다시 주머니에 넣었다. 이제 슬슬 내려가야 할 텐데 상욱의 모습은 아직 보이지 않았다.

메시지라도 보내봐야 하나, 하고 생각할 때였다. 벤치 맞은편 산자락에서 뭔가 움직이기 시작했다. 도연은 눈을 가늘게 뜨고 움직이는 물체를 가만히 바라보왔다. 회색 털을 가진 야생 원숭이였다. 동물원 입구에서 보았던 원숭이들과 같은 종류였는데, 몸집은 훨씬 커 보였다. 설마, 이쪽으로 오는 건 아니겠지. 도연은 살짝 불안한 마음이 되어 원숭이를 주시했다. 녀석이 아이들이 먹고 있는 과자에 눈독을 들이는 것 같아 신경이 쓰였다.

얘들아, 어서 먹고 치우자.

도연이 그러거나 말거나 은호는 동그란 링 모양의 과자를 손가락에 끼워가며 장난기 가득한 얼굴로 천천히 하나씩 빼 먹고 있었다. 그러던 와중에 은비가 도연의 눈길을 따라 시선을 돌렸다.

원숭이다!

은비의 짧은 외침과 동시에 야생 원숭이는 산자락에서 빠르게 뛰어내려와 그들에게 다가오기 시작했다. 도연은 주위를 살폈다. 아무도 보이지 않았다. 원숭이는 그녀의 눈을 똑바로 응시하며 조금씩 거리를 좁혀 왔다.

엄마, 무서워.

은호가 울먹이는 목소리로 자리에서 일어나 그녀의 팔을 붙잡았다. 그러면서 손에 쥐고 있던 풍선 손잡이를 놓쳐버렸다. 어찌해볼 틈도 없이 둥실, 하고 하늘 위로 날아가 버린 풍선을 보며 아이는 큰소리로 울음을 터뜨렸다. 도연은 은호를 안고 자리에서 일어섰다. 원숭이는 어느새 서너 걸음 앞으로 다가와 있었다. 은비가 겁먹은 얼굴로 도연의 옆으로 와 옷자락을 잡았다. 도연은 한 팔로 은호를 꼭 안은 채 다른 한 팔로는 은비의 어깨를 감쌌다. 그때 주머니에서 휴대폰의 진동이 울리기 시작했다. 원숭이는 그들을 뚫어져라 응시하며 조금씩 더 가까이 다가오는 중이었다. 은호가 놓친 풍선은 어느새 작은 점이 되어 사라져갔고, 도연의 주머니 속은 계속해서 흔들렸다. 그녀는 불현듯, 크게 소리 내어 울고 싶어졌다.

사라진 아이

드문드문 설치되어 있는 가로등의 불빛은 시야를 충분히 밝혀주지 못했다. 빛이 가닿지 못하는 곳에서는 어둠과 습기가 교배하여 더럽고 악한 종자들을 잉태하고 있는 것만 같았다. 놀이터는 한낮의 천진함을 다 잊었다는 듯이 음습하고 퇴폐적이었다. 아니, 어쩌면 애초에 천진한 한낮이란 없었던 것인지도 모른다. 오래된 빌라촌을 등지고 있는 작은 공터, 낡은 그네와 녹슨 시소, 바닥에 뒹굴고 있는 담배꽁초와 쓰레기들. 놀이터라고 부르기는 무색하지만 마땅한 명칭이 없으므로 놀이터로 명명된, 집에서 방치된 아이들이 길고양이처럼 배회하고, 갈 곳 없는 노인들이 시간을 삭히는 그런 공간. 이런 곳에서. 매일. 너 혼자.

어둠 속에서 공간은 무한히 확장되었고 어느 구석진 곳에 아이가 숨바꼭질하듯 숨어 있을 것만 같아서 유란은 목청껏 아이의 이름을 불렀다. 그녀의 갈라진 목소리가 공중에서 유령처럼 떠돌았다. 잿빛 담벼락에 기대 담배를 피우던 소년들이 저들끼리 뭐라고 속닥거리며 킬킬댔다. 유란은 취객처럼 비틀거리며 휘적휘적 그들에게 다가갔다.

"혹시 초등학생 남자애 하나 못 봤니?"

손에 쥔 라이터 불을 켰다 껐다 하던 노란 머리 소년이 어깨를 으쓱했다.

"안경 쓰고 좀 통통한데."

유란은 아이의 인상착의를 설명하다 말고 돌아섰다. 당신이 누구를 찾건 관심 없으니 빨리 꺼져 줄래. 소년들의 설익은 눈빛이 그녀를 밀어내고 있었다.

"아, 씨발. 언제 봤다고 반말이야."

그녀의 등 뒤로 욕설과 담배 연기가 가볍게 떠돌았다. 너희들도 처음에는 누군가의 귀여운 아기였겠지. 갓 쪄낸 찰떡처럼 쫀득거리는 말랑한 볼과 작은 유리구슬을 굴리듯 옹알거리는 목소리를 가졌었겠지. 그런 아이들이 자라서 아무렇지 않게 욕설을 지껄이고 담배를 피우며 악의에 찬 눈빛으로 세상을 바라보기까지는 그다지 많은 시간이 필요하지 않았다. 유란은 동훈이 점점 자라는 것이, 그래서 겁이 났다. 복숭아 빛깔의 보드라운 뺨이 검게 그을리고, 조그맣게 오물거리던 입술이 점점 두껍게 여물어가는 동훈을 보며

그녀는 가슴이 벅차오르는 한편 낯선 두려움에 몸을
떨었다.

어떤 아이들은 이미 시궁창의 쥐처럼 손댈 수 없
는 지점에 가 있었다. 유란은 여러 초등학교와 중학
교에서 방과후 수업을 하며 어린 악마들을 적지 않게
보았다. 그들이 품고 있는 적의는 이유가 불분명하
고 목적이 모호했다. 아이들은 그녀의 가방 안에 씹
던 껌을 붙여놓거나, 신발 안에 말라 죽은 지렁이 따
위를 넣어놓았고, 3층 복도 창문에서 그녀의 차를 향
해 돌을 던졌다. 처음에 그런 일을 겪었을 때 유란은
자신이 아이들에게 무엇을 잘못했는지 생각했다. 아
이들을 불러내 차분히 이야기하고, 용서하고 다독이
고 구슬렸다. 하지만 아이들은 그런 그녀를 조롱하듯
또 다른 방식으로 악의를 표출했다. 아이들은 정규직
교사가 아닌 그녀의 신분에 대해 너무도 잘 인지하고
있었고 그녀가 담임교사와는 다른 처지에 있다는 것
도 본능적으로 알았다.

"방과후 강사 주제에."

6학년 남자 아이 하나가 후드 티셔츠에 달린 모자
를 뒤집어쓰고 침을 뱉듯 그녀에게 한마디를 던진 순
간 유란은 아이들의 인성이나 태도에 대해 지도하고
자 하는 마음을 모두 접었다. 그 아이의 말대로, 자신은 학교 교사가 아니라 아이들에게 공예를 가르치는 방과후 수업 강사에 불과하다는 씁쓸한 자각이 들었던 것이다.

그런 아이들에게 시달린 날이면 유란은 동훈에게 좀 더 엄격해졌다. 동훈아, 뛰지 마. 동훈아, 예쁘게 말해. 동훈아, 동훈아, 동훈아. 아이는 자신의 이름이 호명될 때마다 조금씩 움츠러들었다. 애초에 타고난 기질이 예민하고 소심했던 아이는 그렇게 행동 하나하나를 지적받으면서 매사에 자신감이 없어지고 타인의 평가에 더 민감하게 반응하게 되었다. 자신의 질책에 시든 식물처럼 주눅이 든 동훈을 보면서 유란은 스스로 뭔가 잘못하고 있는 건 아닌가 싶은 마음도 들었으나, 그래도 아이가 괜히 눈에 띄는 행동을 해서 남들에게 비난받는 것보다는 나을 거라고 자위했다. 이혼을 하고 혼자 아들을 키우는 입장에서 사람들 눈에 띄지 않는다는 건 무척 중요한 일이었다. 이웃들은 호시탐탐 흠잡을 기회를 노렸다. 아이의 사소한 잘못을 구실 삼아 한부모 가정이니 어쩌니 하며 입을 댈 그들의 얼굴, 그 얼굴에 서려 있을 은근한 멸시와 묘한 우월감을 유란은 잘 알고 있었다.

예상했던 대로 태영은 전화를 받지 않았다. 양육비

문제로 최근에 트러블이 있었기 때문에 전화를 피하는 것일 수도 있었지만, 애초에 연락을 잘 받지 않는 사람이기도 했다. 같이 살던 시절에 유란은 그것에 대해 자주 불평했으나 태영은 머리를 긁적이며 웃어넘겼을 뿐 달라지는 것은 없었다. 진동으로 해놓아서 몰랐다, 가방 안에 있어서 못 받았다, 화장실에 갔었다, 운전 중이었다, 얼마 안 되는 핑계들로 유란의 잔소리를 피해가며 그 순간을 모면할 뿐이었다.

그와 함께 지냈던 오 년 남짓한 시간은 팔월 한낮의 모래밭처럼 뜨거웠고 거울에 반사된 햇빛처럼 눈부셨으며 가느다란 평균대 위를 걷는 것처럼 조마조마했다. 모호하게 깔린 불안은 그들을 더 붉게 달구었다. 그러나 다른 모든 것을 상쇄할 정도로 서로에게 탐닉하던 열기는 그리 오래가지 않았다. 그들을 둘러싸고 있던 장막이 한 꺼풀 벗겨지자 순식간에 먼지 회오리 같은 것이 덮쳐왔다. 가난, 속박, 불신, 후회, 환멸…. 정신없이 흩뿌려지는 감정의 물보라 속에서 서로에 대한 마음은 전과 같을 수가 없었다. 말하자면 태영의 마음은 바람 빠진 풍선처럼 순식간에 쪼그라들었고, 유란의 마음은 철벽처럼 단단해졌다. 작아진 마음과 닫힌 마음 중에서 어느 쪽에 파경의 과실이 더 크다고는 말하기 어려웠다.

유란이 아이를 키우겠다고 했고 태영은 매달 일정한 액수의 양육비를 보내주기로 약속했다. 그러나 1년이 채 못 되어 양육비의 액수는 들쭉날쭉해졌고 최근에는 그마저도 몇 달씩 입금되지 않았다. 그에게 여러 번 전화를 건 끝에 통화가 되었을 때 태영은 모두가 취한 듯 소리를 질러대는 밤의 소음 속에서 비틀거리는 목소리로 말했다.

"나도 요즘 어려워. 일도 없고."

유란은 자신도 모르게 조금 목소리를 높였다.

"술 마실 돈은 있고 애 양육비는 없다고?"

유란의 말에 태영은 억울하다는 듯이 항변했고 마치 서로 눈앞에 있다는 듯이 말의 가시로 할퀴어댔다. 소리를 지르면서, 어쩌면 동훈이 듣고 있을지도 모르겠다고 유란은 생각했다. 자신의 양육비를 가지고 치졸한 언어로 싸워대는 부모라니, 얼마나 끔찍했을까. 끔찍했겠지. 사라지고 싶었겠지.

태영에게 문자를 남기려다가 유란은 마음을 바꿨다. 아이가 태영에게 갔을 리도 없고, 이 일을 그에게 알려서 도움될 것도 없었다. 어쩌면 곧 끝날 하루 저녁의 해프닝일 수도, 그녀의 조바심이 빚어낸 짧은 악몽에 불과한 것일지도 몰랐다. 방문을 열어보면 친구 집에서 늦도록 놀다 온 아이가 시큼달달한 땀냄새를 풍기며 텔레비전 앞에 뒹굴거리고 있고, 유란은 그런 동훈을 가볍게 나무라며 안도의 숨을 내쉬는 것이다. 그래, 아직 아홉 시도 안 됐잖아. 내가 너무 신경이 곤두서 있는 걸지도 몰라. 유란은 크게 숨을 들이마시며 심호흡을 했다. 며칠 전 텔레비전 프로그램에서 불안을 진정시키는 방법이라며 알려준 것이었다. 프로그램에 출연했던 한물간 연예인들은 강사가 시키는 대로 심호흡을 하며 감탄사를 연발했었다. 유란은 그때 본 대로 숨을 들이마시고 내쉬기를 반복했지만 백 미터 달리기를 막 끝낸 듯 빠르게 뛰는 심장과 힘이 빠져버린 팔다리는 좀처럼 나아지질 않았다.

놀이터에서 집까지가 이렇게 멀었었나. 시간과 공간은 때로 고무줄처럼 늘어났다가 세탁기에 잘못 돌린 울 스웨터처럼 난감하게 줄어들었다. 온라인 숍에서 치수를 잘못 고르는 바람에 걸을 때마다 딱딱 소리가 나는 슬리퍼를 끌고 유란은 밤길을 걸었다. 걷다가 동훈이만 한 아이가 보이면 가까이 다가가 얼굴을 확인했다. 아이들은 겁을 먹었고, 옆에 있던 부모는 아이의 어깨를 끌어당기며 그녀를 노려봤다.

집 근처에 이르렀을 무렵 유란의 전화기가 울렸다. 동훈의 담임교사였다. 동훈을 찾으러 놀이터로 가기 전 유란은 학교 담임교사와 학원 원장에게 전화를 걸었었다. 학원에서는 아이가 평소대로 수업을 받고 학원차를 타고 집으로 갔노라고 했다. 학교 담임교사는 전화를 받지 않아서 메시지를 남겨 두었다.

"동훈이가 아직 집에 안 들어왔나요?"

담임교사의 목소리에는 피로가 켜켜이 쌓여 있었다. 유란은 자초지종을 설명하고는 혹시 동훈이와 친한 아이의 연락처를 알 수 있는지 물었다.

"그게, 어머니…."

담임교사가 난처한 듯이 말끝을 늘였다.

"동훈이가 반에서 친한 친구가 없어요."

타닷. 유란을 비추던 가로등의 전구가 희미한 파열음을 내며 꺼졌다. 어둠이 순식간에 그녀를 점령했다. 유란은 손으로 이마를 짚었다. 그러고 보니 언젠가부터 동훈은 친구 이야기를 하지 않았다. 크면서 말수 자체가 줄었으므로 그저 사춘기의 전조 증상이겠거니 하고 가볍게 넘겨버렸었다. 좀 더 정확하게는, 아이의 교우관계까지 신경 쓸 여력이 그녀에게는 없었다. 하루하루를 살아가는 것이 빠듯했고 언제나 피로했다. 자리에 누우면 죽음처럼 잠이 찾아왔고, 다시는 깨고 싶지 않은 날도 많았다. 혼자서 해결해야만 하는 문제들은 끝도 없이 나타나 그녀를 짓눌렀다.

어떤 순간에는 그 모든 것을 다 뿌리친 채 도망치고 싶기도 했다.

아이의 학교생활은 그녀의 눈에 보이지 않았으므로, 그리고 학교에서 문제를 일으킨다는 연락도 따로 받은 바 없었으므로, 유란은 막연한 걱정을 접어두고 그저 낙관하기로 마음먹었다. 자신의 엄격한 통제로 인해 아이다운 천진함이 남들보다 일찍 사그라들기는 했지만, 적어도 남들에게 손가락질 받을 행동은 하지 않을 거라고, 자신이 보아왔던 그 어린 악마들의 범주에 동훈은 포함되지 않을 거라고.

다만 눈앞에 바로 보이는 문제에 대해서만큼은 어쩔 수 없이 염려스러웠는데, 최근 들어 가장 걱정스러운 것은 아이가 눈에 띄게 살이 찐다는 점이었다. 건강상의 문제도 그렇지만 행여나 뚱뚱하다고 놀림 받지나 않을까 하는 생각이 자꾸 들었다.

동훈의 몸이 조금 통통해지기 시작했을 때만 해도 그 정도는 괜찮다고 생각했었다. 나중에 다 키로 가겠지. 하지만 살이 키가 되지는 않았다. 처음 몸에 붙은 잉여의 살들은 자석처럼 칼로리들을 끌어모았다. 키가 작은 아이가 뚱뚱해지니 맞는 옷을 찾기가 어려웠다. 기장이 맞는 옷은 아예 들어가질 않았고, 품이 맞는 옷은 소매나 다리 길이가 턱없이 길었다. 하는 수 없이 성인용 트레이닝복을 사서 줄여 입혀야 했다.

꽤 귀여운 얼굴이었는데. 유란은 볼품없어진 아이의 모습을 보며 자주 한숨을 내쉬었다. 수영이라든지 복싱이라든지 뭔가 몸을 많이 움직이는 운동을 배우게 하면 좋겠다고 생각했지만, 지금 보내고 있는 보습학원의 회비를 제때 내기에도 빠듯한 형편이었다. 게다가 제대로 된 간식을 챙겨주기가 어렵다 보니 동훈은 오래된 기름에 튀긴 팝콘치킨이나 설탕과 인공색소로 가득 찬 슬러시 따위를 간식으로 사 먹었고, 때때로 유란이 늦는 날이면 컵라면이나 크림빵으로 저녁을 때웠다. 싱크대 옆에 놓여 있는 빈 컵라면 용기를 처음 보았을 때 유란은 아이에게 몹쓸 일을 한 것처럼 자책했으나, 곧 그런 일은 일상이 되었고 그녀의 마음에도 굳은살이 박혔다.

"어머니, 경찰에 신고를 먼저 하시는 게 낫지 않을까요? 어디서 놀다 들어오는 거겠지만, 혹시 모르잖아요. 얼마 전에 그런 일도 있었고…."

담임교사가 말하는 그런 일이 무엇을 뜻하는 것인지 물론 유란도 잘 알았다. 같은 지역의 초등학생에게 일어났던 끔찍한 납치 사건. 그녀는 뉴스에서 보았던 장면들을 머릿속에서 털어내듯 눈을 감고 고개를 흔들었다. 담임교사는 늦은 시간이라도 상관없으니 아이가 집으로 돌아오면 연락해 달라는 말을 남기고 전화를 끊었다.

유란은 전화기를 들고 잠시 망설이다가 다시 집 쪽으로 발걸음을 옮겼다. 신고는 조금만 더 미뤄두기로 했다. 경찰서에 전화를 거는 순간 모든 걱정과 두려움, 생각하고 싶지 않은 나쁜 일들에 대한 가능성이 폭발해 넘쳐흐를 것만 같았다.

집 앞에 도착했을 때 작은 창문으로 새어 나오는 형광등 불빛을 보고 그녀는 가슴을 쓸어내렸다. 역시 괜한 호들갑이었어. 하지만 그리 멀지 않은 곳에서 끔찍한 사건이 있은 지 얼마 되지 않았으므로 아이를 가진 엄마라면 응당 그러했을 거라고, 유란은 조금쯤 무안하고 머쓱해진 자신의 마음을 스스로 다독였다.

유란은 불빛이 새어 나오는 창문의 반대편에 있는 출입문을 향해 걸어갔다. 이혼 후 동훈을 데리고 이곳으로 이사를 온 것이 벌써 오 년째였다. 그녀가 가진 돈으로 구할 수 있는 집이 많지 않기 때문에 여기저기 발품을 팔아 겨우 얻은 집이 이 낡은 빌라의 1층이었다.

비탈진 곳에 지어진 건물이어서 출입문 방향에서 보면 1층이고 반대 방향에서 보면 반지하인 구조였는데, 빛이 잘 들지 않았으므로 집 안 곳곳에 곰팡이가 슬어 있었다. 처음 집을 보러 왔을 때 코를 찌르던 퀴퀴하고 음침한 냄새에 그녀는 살짝 현기증을 느꼈다. 그럼에도 이 집을 고른 것은 선택지도 시간적 여유도 더 이상 없었기 때문이었다. 그동안 보아온 곳들은 훨씬 더 엉망이었고, 그나마 이 집은 다른 집들에 비해 여유 공간이 좀 있는 편이었기에 상대적으로 나아 보였다. 따로 사무실이 없는 그녀로서는 수업 재료로 쓰이는 수많은 공예 물품들을 집 안에 쌓아 두어야 했기 때문에 두 사람의 생활 면적 외에도 최소한의 여유 공간이 필요했던 것이다. 그녀는 이사 오기 전 며칠 동안 틈나는 대로 이 집을 들락거리며 공들여 청소를 했다. 분무기로 락스를 분사해 곰팡이를 제거하고 물걸레와 마른 걸레를 번갈아 쓰며 구석구석 닦아내어 그런대로 살 만한 집으로 만들어놓았다.

　하지만 볕이 들지 않는 집에 산다는 것이 얼마나 곤혹스러운 일인지 그녀는 매년 반복적으로 체감해야 했다. 겨울은 지나치게 춥고 길었으므로 난방비 걱정에 마음이 쓰였고 여름이 되면 물이 새는 천장과 슬금슬금 피어나는 곰팡이들로 골치를 앓았다. 동훈은 감기와 비염을 달고 살았고 사소한 기관지 질환이

폐렴으로 악화되는 일도 자주 있었다. 다른 아이들에 비해 동훈이 자주 아프고 잘 낫지 않는 것은 열악한 주거 환경 탓이 크다고 생각했지만 형편이 나아지질 않았으므로 쾌적한 환경으로 이사한다는 것은 생각하기 어려웠다. 이사는커녕 집주인이 보증금이나 월세를 올려달라고 하지 않는 것만으로도 다행스러워해야 했다.

"동훈아."

유란은 현관문을 열고 집 안으로 들어서며 아이의 이름을 불렀다. 너무 호들갑스럽지는 않게, 당장 뛰어들어가 아이를 끌어안고 싶은 마음을 누르며, 차분하고 낮은 음성으로. 크게 야단치지는 않되, 앞으로는 적당한 시간을 지켜 귀가하도록 단단히 주의를 줄 생각이었다. 하지만 집 안에서는 어떤 인기척도 느껴지지 않았다.

"동훈아."

그녀는 다시 한 번 이름을 부르며 방문을 열었다. 문에 기름칠을 하지 않아 삐그덕대는 소리만 들려왔을 뿐 아이의 대답은 집 안 어디에서도 들려오지 않았다. 그제서야 그녀는 자신이 놀이터로 동훈을 찾으러 갈 때 불을 끄지 않고 나왔다는 사실을 기억해 냈다.

방의 구석 자리에 놓여 있는 앉은뱅이 책상, 그 위에 동훈의 흔적이 어지럽게 놓여 있었다. 심이 닳은 연필 몇 자루, 두 동강으로 잘린 지우개, 표지가 찢어진 종합장, 고장난 휴대폰, 흩어진 과자 부스러기와 허옇게 말라붙은 우유 몇 방울.

조금 무리가 되더라도 휴대폰을 바꿔주는 거였는데. 유란은 동훈의 고장난 휴대폰을 보며 입술을 깨물었다.

"조금만 더 있다가 사 줄게, 몇 달만 참아."

그때마다 동훈은 시무룩해졌지만 더 이상 졸라대거나 하지는 않았다. 그녀가 집에 없더라도 혼자 뭐든 알아서 하는 편이었고, 정 급한 일이 있을 때는 누구에겐가 전화기를 빌려 연락을 해 왔기에 몇 달 정도는 괜찮을 거라고 생각했었다. 휴대폰만 있었더라도 이렇게 마음 졸이지는 않았을 텐데. 아직 초등학생에 불과한 아이를 너무 방치했다는 생각에 유란은 마음이 무거워졌다. 아직 어린앤데, 내가 너무 안이했어.

유란은 고개를 돌려 시간을 확인했다. 여덟 시 사십 분. 경찰에 신고를 할까. 아홉 시까지만 더 기다려볼까. 아이가 돌아다니기엔 아무래도 늦은 시간인 것이

사실이지만, 평소 자신이 저녁 수업이 있어 늦는 날마다 어쩌면 동훈은 늘 이렇게 늦도록 밖을 쏘다녔는지도 모르는 일이었다.

유란은 학교 방과후 수업과 더불어 저녁 시간에는 복지 센터와 문화 센터에서 공예 수업을 하고 있었다. 혼자 아이를 키우는 입장에서 저녁 늦게까지 일을 한다는 것이 쉽지는 않았지만, 늘 부족한 생활비를 생각하면 찬물 더운물 가릴 처지가 아니었다. 오늘도 평소대로였다면 복지 센터에서 리본 공예 수업을 하고 아홉 시가 넘어 집에 들어오는 것이 정해진 일정이었다. 그런데 갑자기 센터의 사정으로 휴강이 되어 평소보다 일찍 오게 되었던 것이다. 그 사실을 알지 못하는 동훈은 어쩌면 엄마가 돌아올 시간 즈음하여 귀가할 작정일 수도, 오늘 일은 그저 그녀의 스케줄이 바뀌어 일어난 사소한 소동에 불과한 것일 수도 있었다.

마음의 갈피마다 어수선한 생각들이 흩날려 유란은 가스렌지 앞으로, 텔레비전 앞으로, 다시 동훈의 책상 앞으로 몸을 옮겼다. 그때 손에 들고 있던 휴대폰에서 메시지 알림음이 울렸다. 집 안을 가득 메우고 있던 정적과 불안의 공기가 그 소리에 문득 놀라 소스라쳤다.

숨이 찰 정도로 길게 써놓은 그 메시지는 유란이 방과후 수업을 하고 있는 초등학교의 학부모에게서 온 것이었다. 여러 이야기들을 구구절절 써놓았지만 요점은 유란의 지도 방식에 대한 컴플레인이었다. 한 남자아이가 수업 시간에 다른 아이들 작품 만드는 일을 늘 훼방 놓는다고 들었다며, 그 애가 앞으로 그런 행동을 하지 못하도록 엄격하게 지도해달라는 말이었다. 학부모로부터 이런 연락을 받는 것은 흔한 일이었다. 아이들은 자기에게 불리한 사실을 쏙 빼놓고 말을 전하는 재주가 있었고 부모들은 그 말을 곧이곧대로 믿었다. 유란이 보건대 전화를 건 학부모의 딸아이와 그 이야기 속의 남자아이가 가끔 서로 충돌하는 것은 사실이었지만 원인 제공에 대해 따지자면 여자아이 쪽의 문제가 더 컸다.

하지만 그런 사실에 대해 있는 그대로 말할 수는 없었다. 그 학부모는 일전에도 유란에게 몇 가지 항의를 한 적이 있던 사람이었다. 공예 수업은 아이들의 작업 속도에 따라 시간이 조금 초과되거나 일찍 끝나는 경우가 있었는데, 마치는 시간을 정확하게 지켜달라는 연락을 받은 후 유란은 손이 느린 아이들을 재촉해야 했고 작품을 빨리 완성한 아이들을 끝까지 지루하게 교실에 잡아두어야 했다. 옷에 물감이 묻어 지워지지 않는다는 연락을 받은 뒤로는 사비로 미술용 앞치마와 팔토시를 사서 아이들에게 입히기도 했다.

죄송합니다, 어머니. 좀 더 신경 써서 지도하겠습니다. 유란은 답장을 보낸 뒤 동훈의 책상에 몸을 기댔다. 내가 다른 아이들과 시간을 보내는 동안 너는 어디서 무얼 하고 있었을까. 내가 다른 아이들의 눈을 바라보고 있는 동안, 내가 다른 아이들의 어깨를 토닥여주고 앞치마를 등 뒤로 묶어주는 동안, 너는 어떤 눈빛으로 어느 먼 곳을 바라보고 있었을까. 유란은 두 손으로 얼굴을 감쌌다. 밖에서는 유난스러운 오토바이 엔진 소리가 밤의 고요를 침범하고 있었다. 침범하는 것들은 부끄러움을 몰랐으므로 언제나 길고 지저분한 자취를 남겼다.

"여행을 가고 싶어."

"여행?"

"응, 엄마랑 둘이, 아주 먼 곳으로."

작년 겨울, 동훈은 독감에 걸려 온몸이 열로 들끓었다. 한여름의 자동차 보닛처럼 뜨겁게 달아오른 동훈의 이마에 물수건을 대어주었을 때, 자고 있는 줄 알았던 아이가 꿈결을 걷듯 말했다.

"우리를 아무도 모르는 곳으로. 엄마랑 나랑. 아주 멀리."

그 말소리가 허공을 짚는 것 같아서, 유란은 아이가 약에 취해 잠꼬대하듯 중얼거린다고 생각했다. 그러면서도 동훈의 말에 꼬박꼬박 대꾸해주었다. 이마가 뜨겁고 눈꺼풀이 축축 처지는 아이를 혼자 두고 일을 다녀와야 했던 것이, 종일 추운 방 안에서 혼자 앓고 있도록 한 것이 미안해서 꿈결의 말이라도 다 받아주고 싶었다.

싱글맘으로 살기 시작하면서 유란은 여행이란 걸 단 한 번도 가본 적이 없었다. 교통비나 숙박비가 부담스러운 이유도 있었지만, 일과 살림과 육아로 모조리 소진되어버린 몸을 휴일까지 움직일 엄두가 나지 않았다. 모처럼 마음먹고 근처 공원이라도 가면 아이는 좋아서 날다람쥐처럼 뛰어다녔지만 그런 소풍조차도 자주 가기에는 힘이 부쳤다.

두 해 전에는 동훈이 유란의 스마트폰으로 모르는 사람의 여행 블로그를 검색하고 있기에 왜 그런 걸 보고 있냐고 했더니 잔뜩 풀이 죽은 목소리로 말한 적도 있었다.

"가족끼리 여행 갔던 경험을 적어 오래. 이걸 보고 여행 갔던 것처럼 쓸 수는 있는데, 발표하라고 하면 어쩌지? 발표하면 친구들이 질문할 수도 있잖아. 베낀 내용으로 발표는 해도 질문에 대답은 못 할 것 같아. 그냥 숙제해 가지 말까?"

그때만 해도 유란은 어린애가 소심하게 이것저것 걱정하는 게 귀여워서 볼을 살짝 꼬집었다.

"그게 그렇게 걱정되면 엄마랑 연습해보자. 엄마가 동훈이 발표를 듣고 몇 가지 질문을 해 볼 테니까 대답해봐."

남의 여행기를 보고 마치 자기가 했던 것처럼 이야기를 꾸며대야 하는 것이 아홉 살짜리 아이에게는 힘든 일이었던지 동훈은 연습을 하다 말고 끝내 울음을 터뜨리고 말았다.

"그래, 우리 둘이 여행 가자. 아픈 거 다 낫고, 겨울 지나고 나면 꼭 가자. 아침이면 작은 새가 노래하는 창가에서 김이 모락모락 나는 오믈렛을 먹고 한낮엔 새로 산 수영복을 입고 바다로 뛰어드는 거야. 저녁엔 노을 아래에서 바람을 맞으며 달리기를 하고, 밤이면 낯선 풀벌레 소리들과 함께 잠들고."

유란은 동훈의 뜨거운 볼을 두 손으로 감싸며 속삭였다. 하지만 겨울이 지나고 봄꽃이 다 질 때까지도 유란은 그 약속을 지키지 못했다. 생활비는 여전히 빠듯해서 여행 경비를 따로 빼두기엔 부담이었고,

그녀가 강의를 나가는 학교의 학부모와 센터의 관리자들은 급여에 비해 많은 것을 요구했다. 돈도 시간도 마음의 여유도 없이 살아가는 동안 동훈과의 약속은 늘 뒤로 밀렸다. 지키지 못했던 약속들이 아이를 밖으로 내몬 것은 아닌가 하는 생각에 유란의 마음이 잿빛 물기로 차올랐다.

경찰은 시시콜콜한 것들을 물어 왔다. 너무도 하찮고 쓸데없는 질문들이었다. 그래도 유란은 정확하고 침착하게 대답하기 위해 애썼다. 어쨌거나 도움을 받아야 하는 쪽은 그녀 자신이었으므로 질문의 질을 따지고 들 때는 아니었다.

그녀 혼자 아이를 키우고 있다는 것을 안 경찰은 태영의 연락처를 물었다.

"혹시 아버지한테 간 거 아닐까요?"

유란은 고개를 저었다. 태영과 통화는 못 했지만 그건 확신할 수 있었다. 동훈이 말없이 아빠에게 갈 아이도 아니고, 태영이 아이를 데려갈 일은 더더욱 없었다. 태영은 애초에 부성애가 강한 사람이 아니었고, 이혼 당시에 양육권을 주장하지도 않았으며, 이혼 후 아이를 정기적으로 만나는 일도 자주 미루거나 취소해서 동훈에게 상처를 주곤 하는 사람이었다.

"아빠가 이번에 만나면 폰 바꿔준대."

한 달 전쯤이었을 것이다. 아빠를 만나기로 한 날을 앞두고 동훈은 그 어느 때보다도 들떠 보였다. 헬륨 가스를 가득 넣은 풍선처럼 부풀어 둥실거리는 아이를 보며 유란은 걱정이 앞섰다. 그리고 그녀의 불신을 증명하듯이 태영은 만나기로 한 날짜 하루 전에 문자 메시지로 약속을 취소했다. 크고 둥글게 부풀었던 아이의 마음은 가시밭을 뒹군 것처럼 무참하게 터지고 찢겨버렸다.

어깨를 축 늘어뜨린 채 책상 앞에 앉아 있는 동훈의 뒷모습은 유란을 자책감에 빠뜨렸다. 좋은 부모에게서 태어났다면 당연하게 누려야 했을 것들을 동훈은 가지지 못했다. 햇빛이 잘 드는 따뜻하고 쾌적한 방도, 하루하루 커가는 몸을 단단히 여물게 해줄 좋은 음식들도, 설렘과 피로가 교차하는 그 흔한 가족 여행도.

어린 시절의 결핍으로 생긴 마음의 구멍들은 쉽사리 메워지지 않는다는 걸 유란은 잘 알고 있었다. 그녀 역시 어둡고 축축하고 작은 집에서 유년을 보냈고, 영양가 없는 음식들을 먹고 자랐으며, 마음의 모서리를 기댈 양육자가 없었기에, 자신의 아이에게만큼은 그런 부재와 결핍을 겪게 하고 싶지 않았다. 하지만 가난과 불행은 대물림이 쉬웠고 그녀는 그 사실을 너무 늦게 알아버렸다.

"주변에 아이가 갈 만한 곳은 찾아보셨습니까? 그 또래 애들은 보통 피시방에서 시간 가는 줄 모르고 놀 때가 많죠."

동훈에게서 피시방 이야기는 한 번도 들어본 적이 없었지만 그런 곳에 있는 거라면 차라리 다행이라는 생각이 들었다. 아이에 대해 자신이 모르는 것들이 그런 평범한 일탈이기를, 유란은 마음을 다해 빌었다. 근처 놀이터만 가보았다는 유란의 말에 경찰은 동네 피시방을 비롯해 몇 군데를 수색해보겠다고 했다.

"아이가 돌아오거나 무슨 연락이 있으면 바로 지구대로 전화 주세요. 별일 없을 겁니다. 이런 일, 흔하거든요."

유란은 전화를 끊은 후 낡고 어수선한 앉은뱅이 책상을 정리했다. 동훈에겐 이미 작아져버린 유아용 책상이어서 그 앞에 앉아 있을 때면 늘 등이 굽었다. 올해는 책상을 바꿔줘야지. 책가방도 바꿔줘야 하는데, 그럴 수 있을까.

유란은 동훈의 종합장을 책가방에 넣으려다가 표지를 들추었다. 혹시 무슨 메모라도 있을까 싶어서였는데, 한 장씩 페이지를 넘겨보아도 의미를 알 수 없는 낙서들과 틀린 표시가 가득한 수학 문제들뿐이었다. 온통 빨간 빗금이 그인 문제풀이 페이지들을 넘기면서 그녀는 아이가 혼자 견뎌야 했을 오답의 시간들에 눈이 붉어졌다. 동훈이 남긴 메모 같은 건 없었는데도 어쩐지 아이가 말하지 않았던 것들을 알 것만 같았다.

그때 연이어 두 번의 메시지 알림음이 울렸다. 하나는 조금 전 답장을 보냈던 학부모의 추가적인 당부 메시지였고, 다른 하나는 태영으로부터 온 것이었다. 여유 생기는 대로 양육비 보낼 테니까 빚쟁이처럼 자꾸 연락 좀 하지 마. 유란은 문득 온몸에 힘이 쭉 빠져서 바닥에 웅크린 채 누워버렸다. 내일 수업할 재료를 준비해야 하는데. 메시지를 보낸 학부모에게 다시 답도 해야 하고. 설거지도 하고 빨래도 개야 하는데. 참, 공과금은 언제까지였더라? 해야 할 일들의 목록이 머릿속을 빙글빙글 돌며 그녀를 어지럽게 했다. 동훈아, 어디 있는 거니? 어서 돌아와. 돌을 얹은 듯 무겁게 눈꺼풀이 감기고 웅크린 몸은 바닥으로 깊이 빠져들었다. 밖에서 희미한 발자국 소리가 들려오는 것 같았는데, 그것이 동훈의 발소리 같기도 했는데, 그녀는 도무지 몸을 일으킬 수가 없었다.

한
겹의
세계

버섯이잖아.

요한의 말에 그들은 일제히 한곳을 바라보았다. 요한이 손가락으로 가리킨 곳은 거실 구석에 있는 붙박이 장롱문이었다. 미닫이로 된 나무틀의 아귀가 잘 맞지 않아서 문을 열고 닫기 힘들었기 때문에 장롱이라기보다는 창고 같은 용도로 쓰고 있었다.

정말이네, 버섯이야.

루시아의 커다란 눈이 느리게 깜빡거렸다. 낡고 더러운 장롱 문의 아래쪽 모퉁이에는 잿빛 갓의 버섯들이 애초부터 그곳에 있었던 것처럼 무심하게 자라 있었다.

구워 먹을까.

미카엘이 불판 위에 있는 고기를 뒤집으며 말했다. 익어가는 살점 속에서 붉은 육즙이 올라왔다. 그는 익은 고기 몇 점을 루시아의 밥그릇 위에 올려주었다.

독이 있으면 어쩌려고. 집주인에게 말할까?

글쎄, 좀 웃기지 않나? 고작 버섯 가지고 연락하
기가.

그도 그렇다는 듯이 모두 고개를 끄덕였다. 얼마
전엔 천장에서 비가 새더니 이번엔 장롱에 버섯이 자
라다니, 우리 정말 열악한 곳에 살고 있네. 안젤라는
빈 잔에 술을 따르며 생각했다.

그들이 이 집에 들어온 것은 1년 전이었다. 원룸의
월세가 부담되었던 미카엘과 루시아는 요한에게 집
을 함께 얻어 쓰자고 제안했고, 때마침 이사를 고민
하고 있던 안젤라를 요한이 불러들여 네 사람은 방
세 개짜리 주택에 함께 살게 되었다. 재개발을 추진
중인 지역의 오래된 주택이었기 때문에 보증금과 월
세가 저렴했고, 그걸 네 사람이 나누어 내었으므로
원룸이나 고시원에 비하면 많은 돈을 아낄 수 있는
셈이었다.

그런데 소고기라니, 어쩐 일이야? 뭐 좋은 일이라
도?

오늘 애를 지웠어. 잘 먹어야지.

저런.

우린 지옥불에 떨어질 거야.

미카엘과 루시아는 아주 웃긴 농담이라도 했다는 듯이 마주보고 클클거렸다. 안젤라가 루시아에게 몸은 괜찮냐고 물었고, 루시아는 어깨를 으쓱했다.

보다시피,

미카엘이 루시아의 밥 위에 또다시 고기를 올려주었다. 루시아는 젓가락으로 고기를 집어 입으로 가져갔다.

몸은 괜찮아. 마음이 안 좋지.

마음이 안 좋아?

미카엘은 고기를 자르며 루시아에게 되물었다.

좋을 순 없지. 가졌던 걸 잃었잖아.

애초에 없었던 게 생겼다가 다시 원점으로 돌아간 것뿐이야.

원점.

그래, 원점.

미카엘이 손에 있던 집게와 가위를 내려놓고 술잔을 들었다. 네 사람은 일제히 잔을 부딪쳤다. 투명한 술이 유리잔 속에서 흔들리다가 이내 모두의 입속으로 들어갔다. 죄책감도 후회도 없는 밤이었다.

네 사람은 십대였을 때 성당에서 만났다. 지금은 안젤라만 가끔 미사에 참석할 뿐 나머지 셋은 아예 발

길을 끊었지만, 그때만 해도 웬만해선 주일 미사에
빠지지 않는, 어찌 보면 성실하다 말할 수 있는 신자
들이었다. 물론 대단한 신앙심이라기보다는 일종의
습관 같은 것이기는 했다.

성당에는 청소년들을 위한 소모임이 있었는데, 요
한은 그곳의 장을 맡고 있었다. 토요일 청년 미사가
시작되기 두 시간 전에 아이들은 소모임실로 모여 성
당 행사나 전례 봉사에 대해 토의를 하고, 짧게 천주
교 교리를 공부했으며, 대부분의 시간은 잡담을 하며
보냈다. 종교적인 신실함보다는 또래집단의 유대감
으로 뭉쳐진 집단이었고, 부모의 잔소리에서 잠시 벗
어나기에 꽤 괜찮은 핑곗거리가 되는 모임이었다.

미사가 끝난 토요일 저녁이면 아이들은 부모에게
성가 연습이 있다고 하고는 노래방이나 피시방에 몰
려다녔다. 부활절이나 성탄절같이 특별한 날이 다가
오면 행사를 준비한다는 핑계로 밤늦게까지 소모임
실에서 노닥거리곤 했다. 굉장한 일탈은 아니었지만
대부분의 아이들에겐 소소하게 자유를 누릴 수 있는
시간이었다.

기도하는 손을 그렸어.

어느 날인가 안젤라가 일찍 성당에 도착해 묵주기
도를 끝냈을 때 구석 자리에서 그림을 그리고 있던

요한이 말했다. 안젤라는 요한이 건넨 그림을 받아들고 얼굴이 살짝 붉어졌다.

가져도 돼?

요한은 고개를 끄덕였다. 요한이 그림을 잘 그린다는 것은 이미 알고 있었지만, 그날 안젤라는 요한의 재능이 더욱 특별하게 느껴졌다. 사람이 가까워지거나 멀어지는 계기는 아주 사소한 것에서 시작되곤 했다. 그 그림을 시작으로 두 사람은 가까워졌고 자주 연락을 주고받게 되었다. 처음에 안젤라는 그 관계가 이성 교제의 시작인가 생각했지만, 곧 그게 아니라는 사실을 알고는 자신이 넘겨짚은 마음에서 살짝 뒤로 물러났다. 사람을 헷갈리게 하는 요한의 다정과 친절은 태생적으로 그의 몸에 밴 것이었고, 누나들 틈에서 자란 막내로서의 본능적인 생존 전략이 덧붙어 있을 뿐이었다. 안젤라는 그 사실을 금방 알아차리고 자신의 마음을 다잡았지만 더 어린 여자 아이들은 요한의 무심한 친절을 자신에 대한 관심으로 곧잘 혼동하고는 쉽게 사랑에 빠져버렸다. 그와 더불어 안젤라는 요한과 친하다는 이유로 자연스럽게 그 어린 여자애들로부터 시기와 질투의 대상이 되곤 했다.

미카엘과 루시아는 오랜 커플이었다. 둘은 상업 계열의 특성화고에 함께 다니는 동급생이었는데, 소문으로는 혼자 사는 미카엘의 집에 루시아가 거의 살다시피 함께 지낸다고 했다. 미카엘은 술만 취하면 개가 되는데, 개가 되면 루시아를 그렇게 때리는데, 루시아는 그렇게 맞고 도망 나오면서도 다시 그 집에 기어들어 가고, 술이 깨면 미카엘은 무릎을 꿇고 빌었다가, 또 술이 취하면 개가 되고… 그런 말들이 아이들 사이에서 무한 루프처럼 돌고 돌았다.

그때만 해도 안젤라는 그 둘과 그리 친하지 않았는데, 루시아를 볼 때면 언제나 무성한 소문들이 장막처럼 드리워졌고, 그 큰 눈 아래의 그늘에는 뭔가 수상한 사연이 숨어 있는 것만 같았다.

그들과 함께 살기 시작하면서 안젤라는 그때의 무성했던 말들이 그저 뜬소문에 불과했다고 생각하게 되었다. 미카엘은 언제나 루시아를 가장 먼저 생각했고 사소한 것들까지 세심하게 챙길 줄 알았다. 엉망이 되도록 술을 마시는 일도 없었다. 가끔 말이 좀 거칠긴 했지만, 그건 루시아도 마찬가지였다. 사용하는 어휘가 거칠다고 해서 마음까지 저급한 것은 아니라는 것을 안젤라는 이미 알고 있었다. 고급 어휘를 구사한다고 해서 마음이 고결한 것은 아니듯이.

안젤라가 집으로 돌아왔을 때 어쩐 일인지 루시아

가 주방에서 라면을 먹고 있었다. 고깃집에서 서빙을 하는 루시아는 열 시가 넘어 집에 오는 것이 보통이었고, 택배 일을 하는 미카엘도 언제나 늦었다. 방수 업체에서 일을 하고 있는 요한은 일이 없을 때면 하루를 풀로 쉬거나 대낮에 집에 돌아오는 적도 있었지만, 퇴근 후의 이른 저녁 시간에 안젤라와 루시아가 단둘이 마주 앉는 일은 드문 일이었다.

오늘 쉬었어?

안젤라는 루시아가 몸을 회복하기 위해 집에 있는 것이라고 생각했다. 괜찮다고는 했지만 아무래도 몸에 무리가 있지 않았을까, 곰국이라도 좀 사다 줄 걸 그랬나, 하고 안젤라는 벌건 라면 국물을 쳐다보았다.

관뒀어.

왜? 거기 시급이 괜찮다고 했잖아.

그래서 오래 다니려고 했는데.

그런데 왜?

나보고 씨발년이라잖아.

누가?

혼자 고기 처먹던 새끼가. 술 좀 늦게 갖다줬다고. 개 같은 새끼. 나 혼자 서빙하는데, 진통제를 못 먹어서 배는 아프고, 여기저기서 벨은 눌러대고, 그래도 안 잊어버리고 갖다줬는데, 늦어서 죄송하다고까지 말했는데, 씨발년아 너나 처마셔라, 그러잖아.

그랬구나.

그래서.

그런데 그 욕 말야.

뭐, 씨발년?

응, 그거 미카엘도 자주 하잖아. 말끝마다 추임새처럼.

그건 다른 거지. 미카엘이 하는 말하고 그 새끼가 했던 말하고는 완전히 달라. 나를 벌레 취급하면서 무시하고 모욕했다고. 너는 직장에서 그런 말 들을 일이 없으니까 잘 모르겠지만.

루시아의 목소리에 은근한 북받침이 느껴져서 안젤라는 더 이상 말을 하지 않았다. 초등학교 행정실의 공무원인 안젤라에게 가끔 루시아는 그런 말을 했다. 넌 잘 모르겠지만. 마치 세상 물정 모르는 샌님 취급을 하는 것 같아서 그럴 때마다 안젤라는 조금 기분이 상했다. 안젤라 역시 공무원 시험에 합격하기 전에는 몸으로 때우는 여러 가지 아르바이트를 했었고 그녀 나름대로 많은 풍파들을 겪었다. 더구나 초등학교 행정실에서 일한다고 해서 그런 일들을 경험하지 않는 것도 아니었다. 공무원으로 일한 3년 동안 안젤라는 별의별 욕을 다 구사하는 학부모의 전화도 받아보았고, 행정실 공무원을 자신의 집사 정도로 여기며 하대하는 교사도 만났다. 루시아에 비해 횟수는 적을지언정 그 모욕과 수치심의 크기는 결코 작지 않다고 안젤라는 생각했다. 모든 지위는 상대적인 것이었고, 자신이 먹이사슬의 최상위 포식자가 아닌 이상 스스로 비루하게 느껴지는 일은 빈번하게 나타날 수밖에 없었다. 다른 점이 있다면 안젤라는 그런 모욕과 무시를 당해도 쉽사리 일을 그만둘 수 없다는 것뿐이었다. 안정된 미래를 생각하는 일은 달콤했지만 그것은 어찌 보면 현재 자신의 욕구를 철저하게 저당 잡혀야만 받을 수 있는 치졸한 보상이었다.

요한이 집에 들어왔을 때 안젤라와 루시아는 각자 유튜브를 보며 맥주를 마시고 있었다. 안주로 커다란 새우깡 한 봉지를 뜯었는데, 라면 국물까지 싹싹 긁어 먹은 루시아는 뭔가 분풀이라도 하려는 듯 전투적으로 새우깡을 씹어 먹었다.

일찍 퇴근했네.

요한의 말에 루시아는 안젤라에게 했던 이야기를 그대로 반복했다.

잘 그만뒀어.

그렇지?

이 참에 좀 쉬어. 몸도 안 좋을 텐데.

몸은 괜찮아.

그래?

마음이 안 좋을 뿐이야, 마음이.

루시아는 손바닥으로 명치 쪽을 두어 번 탁탁 쳤다. 아무리 몸이 괜찮다고 해도 라면이나 새우깡 따위를 먹는 건 지금 루시아에게 별로 좋지 않을 것 같다고 생각하며 안젤라는 내일 퇴근길에 뭐라도 사 와야겠다고 마음먹었다.

요한은 군데군데 페인트가 묻어 지저분한 작업복을 널어두고 샤워를 한 뒤 식탁에 와서 맥주캔을 땄다.

아, 좋다.

술이 없었다면 어쩔 뻔했어.

지금보다 훨씬 우울할 뻔했지.

안젤라는 가지런한 하얀 이를 드러내며 웃는 요한을 가만히 바라보았다. 자신도 모르게 몽글거리며 생겨나던 감정을 다잡은 후로도 가끔 이렇게 웃는 모습을 보고 있으면 가슴이 뛰곤 했다. 아마 그를 쳐다보았던 많은 사람들이 그랬을 거라고, 그걸 요한은 모를 거라고, 안젤라는 생각했다.

오늘 처음 줄을 탔어.

오, 축하해.

20층 아파트 옥상에서 줄을 타고 내려오는데, 그 줄 하나에 달려 있는 내 목숨이 참 별거 아니네 싶더라.

그래도 썩은 동아줄은 아니니까.

썩었는지 아닌지는 아무도 모르지. 수수밭에 떨어지는 호랑이 신세는 되고 싶지 않은데.

난 그래서 수수떡이 싫다니까. 호랑이 피로 수수밭이 붉게 물들었다니, 무슨 동화가 그래. 너무 끔찍하잖아.

새우깡을 소리나게 씹으며 루시아가 얼굴을 찡그렸다. 루시아의 말에 안젤라는 붉은 피로 물든 수수밭을 떠올리며 고개를 끄덕였다.

그러네, 좀 잔혹하다. 아무리 죄를 지었어도.

바람에 줄이 흔들리는데 너무 무서우니까 나도 모르게 사도신경을 외고 있더라. 고등학교 때 이후로 한 번도 기도해본 적 없었는데. 그냥 막 중얼거렸어. 전능하신 천주 성부 천지의 창조주를 저는 믿나이다.

그 외아들 우리 주 예수 그리스도님.

성령으로 인하여 동정 마리아께 잉태되어 나시고.

세 사람은 자연스럽게 한 구절씩 돌아가며 사도신경을 읊었다. 모두들 기도를 할 생각은 아니었는데, 기도문에는 이상한 연속성과 자동성이 있어서 한 번

읊기 시작하면 결국 아멘까지 가야 끝이 났다. 사도 신경의 마지막 구절은 루시아가 읊었다.

죄의 용서와 육신의 부활을 믿으며 영원한 삶을 믿나이다. 아멘.

아멘.

아멘.

그들은 잠시 침묵했다. 마치 고등학교 시절 성당 소모임실로 되돌아간 것 같은 느낌이었다. 가볍고 위태롭고 언제나 갈피 없이 흔들리던 시절이었지만 기도문을 욀 때만큼은 몸에다 무거운 추를 하나씩 얹은 것처럼 차분해졌다.

용서받을 수 있을까?

침묵을 깨고 루시아가 말했다. 그러나 누구도 대답할 수 없는 질문이라는 걸 모두들 잘 알고 있었다. 요한은 말없이 루시아가 먹던 라면 국물을 후루룩, 하고 들이켰다.

고해소에서 나온 안젤라는 성전의 긴 나무 의자에 앉았다. 띄엄띄엄 자리를 채운 신자들은 각자 묵상을 하거나 기도 중이었다. 안젤라는 묵주를 꺼내 손에 들고 눈을 감았다.

주일 미사에 매번 참석하는 것은 아니었지만 가끔

이렇게 성당에 와서 고해성사를 하고 성전에 앉아 있으면 마음이 편해졌다. 스테인드글라스 유리창으로 들어오는 빛을 받으며 성당 특유의 나무 냄새 속에서 눈을 감고 있는 것은 신앙심의 정도와는 무관하게 좋은 일이었다.

안젤라는 전례 성가를 연습하고 있는 성가대의 노랫소리를 들으며 또다시 그 일을 떠올렸다. 기억을 되풀이한다고 해서 괴로움의 강도가 줄어드는 것도 아닌데 자기도 모르게 자꾸만 반복 재생되는 일들이 있었다.

자식에게 버림받고 돈은 없고 몸은 아프고 더 이상 삶의 의미가 없다, 라는 유서를 남기고 안젤라의 어머니는 스스로 목숨을 끊었다. 전화를 받고 병원에 갔을 때 자신을 바라보던 사람들의 비난 어린 시선을 안젤라는 가만히 견뎌야 했다. 공무원이라며? 무정하기도 하지, 아픈 어머니를 혼자 내버려두고. 그런 말들이 수군수군 들려오는 것 같았지만 안젤라는 차분하게 서류에 서명을 했다.

끝까지 그렇게 이기적으로. 안젤라는 원망의 마음을 풀지 않고 장례를 치렀다. 언제나 자기 할 말만 하던 어머니는 죽음 앞에서도 다르지 않았다. 그녀에게 주었던 상처, 셀 수 없이 많은 고통들에 대해 단 한

번이라도 제대로 반추해보았다면 그런 유서를 남길 수는 없었을 거라고 안젤라는 생각했다.

장례식 내내 눈물 한 번 흘리지 않는 안젤라를 보고 친척들은 다 들리도록 뒷말을 해댔다. 독한 것. 정 없는 것. 쟤는 어릴 때부터 좀 그랬지. 어린 게 냉정했어. 아무리 그래도 지 에미가 저렇게 죽었는데 어떻게 눈물 한 방울 안 흘리고. 어차피 장례가 끝나면 친척들은 다시 보지 않을 작정이었으므로 뭐라고 하든 상관없다고 생각했다. 다만 절망스러운 것은 더 이상 화해나 용서의 여지가 없는 그들 모녀의 비극적 결말이었다.

미사가 끝나고 집으로 돌아오면서 안젤라는 성당 앞 꽃집에서 팔고 있는 로즈마리 화분을 하나 샀다. 흔한 밤색 플라스틱으로 된 작은 화분이었다. 거스름 돈을 받으며 안젤라는 꽃집 주인에게 물었다.

처음인데 잘 키울 수 있겠죠?

물, 햇빛, 통풍, 이 세 가지만 신경 쓰면 됩니다. 아주 쉽지요.

그렇게 쉽지는 않겠네, 하고 안젤라는 로즈마리의 풍성한 잎에 코를 파묻으며 생각했다. 하지만 짧은 위안이라도 좋을 거라고, 오천 원어치만큼의 작은 행복이라도 충분하다고 중얼거리며 그녀는 화분을 안고 천천히 걸었다.

　안젤라가 집에 도착했을 때 미카엘은 상의를 벗은
채 거실 바닥에 엎드려 있었고 루시아는 그런 미카엘
의 허리에 뜨겁게 김이 올라오는 수건을 얹어놓고서
한 발로 꾹꾹 밟고 있었다.

　허리 다쳤어?

　생수 내리다가 삐끗했대.

　루시아가 이번에는 무릎을 꿇고 앉아 두 손으로 스
팀 수건 위를 문지르면서 대답했다.

　아, 존나 싫다. 생수, 쌀, 과일, 김치, 책.

　예전에 책 상자에 발등 찧어서 엄청 고생했잖아.

　그랬지. 망할 놈의 책.

　내가 그래서 책을 안 읽잖아.

　쓸데없이 무겁기만 하지.

　미카엘과 루시아는 책의 나쁜 점들을 하나하나 열
거하며 킬킬거리고 웃었다. 안젤라는 로즈마리를 어
디에 두어야 할지 생각하며 집을 이리저리 훑었다.
그러나 아무래도 햇빛이 잘 들고 통풍이 잘될 만한
곳은 이 집 안에 없었다. 안젤라는 화분을 식탁 위에
올려놓았다. 요한이 화장실에서 나와 로즈마리를 만
졌다.

웬 화분?

성당 갔다 오는 길에 그냥 사 왔어.

성부와 성자와 성령의 이름으로, 아멘.

요한이 십자성호를 긋고는 마치 신부님이 축성을 내리는 것처럼 오른손을 화분 위에 얹었다.

오래 살기를.

성당 다시 다닐 생각 없어?

요한이 안젤라의 물음에 침묵하며 고개를 저었다.

게이라고 성당에 못 가는 건 아니잖아.

고해성사도 못 하고 영성체도 못 하는 걸. 무엇보다 난,

요한은 잠시 말을 멈추었다. 태양계에서 제외되어버린 마지막 행성처럼 쓸쓸한 눈빛이 허공에 떠돌았다.

믿음을 잃었어.

버섯은 무서운 속도로 자라났다. 방치한 것에 대한 대가를 보여주듯, 무성하고도 괴기스럽게 세를 넓혀가고 있었다. 장롱문의 아래쪽에서 자라나기 시작한 버섯들은 이미 두 뼘쯤 위로 번져 있었고, 흰 줄기와 잿빛 갓은 잠든 새끼 쥐처럼 징그럽고 불길했다. 안젤라는 문구용 칼을 들고 와서 버섯들을 잘라내어 검은 봉지에 넣었다. 그냥 이렇게 쉽게 사라지고 싶다

고, 안젤라는 생각했다.

점심을 다 먹고 빈 행정실에 앉아 커피를 마시고 있을 때 낯선 번호로 전화가 걸려왔다.

이정순 씨 따님 되시지요?

죽은 어머니의 이름이 들려온 순간 안젤라는 좋은 소식이 아님을 직감했다. 전화 속 여자는 어머니의 지인이라며 우선 늦은 애도를 표했다. 안젤라가 뭐라고 말해야 할지 몰라 주저하고 있을 때 여자가 용건을 꺼냈다. 어머니가 생전에 자신에게 돈을 빌렸는데, 부고를 뒤늦게 들었다며 그걸 좀 갚아주었으면 좋겠다는 것이었다.

저는… 한정승인을 했고 이미 법적인 절차가 끝났습니다.

압니다. 아는데, 내가 오죽하면 여기다 전활 했겠어요. 내가 너무 힘들어서 그래요. 일부라도 좀 갚아줘요.

죄송합니다만….

딸이잖아요. 그 뭐냐, 도의적 책임, 그런 거 안 느껴요? 다 갚으라는 거 아니에요. 반이라도 줘요. 공무원이라면서요. 딸이 공무원이니 걱정할 것 없다고 나한테 그랬다고요.

여자는 언성이 높아졌다. 내 직업을 보증 삼아서,

그렇게 돈을 빌려 썼구나. 여자의 말에 자포자기하는 심정이 된 안젤라는 금액이 얼마인지 묻고는 일단 연락처와 계좌번호를 받아두었다. 어머니를 다시 볼 수 있다면 따져 묻고 싶었다. 왜 그랬냐고, 대체 왜 그렇게 살았냐고. 전화를 끊고 나니 언제 들어왔는지 행정실장이 그녀를 힐끔 쳐다보고는 커피 한 잔 더 줄까, 하고 물었고 안젤라는 달아오른 얼굴을 숙이며 고개를 저었다.

사라지고 싶다. 안젤라는 버섯이 든 검은 봉지를 쓰레기봉투 안에 넣으며 한숨을 내쉬었다. 어머니의 죽음으로 자신과의 모든 연결고리는 끊어진 거라고 생각했다. 장례와 법적인 절차들이 다 끝난 후에는 홀가분하기까지 했는데, 이렇게 시간이 지나서까지 빚 독촉을 받게 될 거라고는 예상하지 못했다. 여자가 요구했던 빚의 반액은 딱 안젤라가 가진 전 재산 만큼이었다. 그녀가 얼마 안되는 월급으로 학자금 대출을 다 갚은 후 처음으로 든 적금. 빚을 갚으려면 그 적금을 깨야만 했다. 내가 모르는 빚들이 또 어딘가 복병처럼 숨어 있는 건 아닌가. 방심하고 있는 사이 툭툭 튀어나와, 돈을 갚으라고, 네 어미가 저지른 일들을 해결하라고 소리치는 것 아닌가. 안젤라는 얼굴을 두 손으로 감싸며 쓰레기봉투 앞에 주저앉았다.

안젤라가 새벽에 잠을 깨어 거실로 나왔을 때 요한
은 그림을 그리고 있었다. 8절지 크기의 나무 피켓에
도화지를 덧대어놓고 가장자리에 꽃잎들을 그려 넣
는 중이었다.

왜 벌써 깼어.

요즘 잠을 잘 못 자.

안젤라는 위장약과 함께 물을 한 잔 마시고는 식탁
의자에 앉아 요한의 그림을 바라보았다. 무지갯빛 꽃
잎들이 바람에 흩날리는 것처럼 도화지를 채우고 있
었다.

예쁘다.

오늘 시청 앞에 집회가 있어서.

요한은 성소수자 인권단체에서 무슨 직함을 하나
맡고 있었고, 일이 없는 날이나 주말이면 단체가 주
관하는 집회에 자주 참석했다. 그런 날엔 달걀이나
밀가루 범벅이 되어 집에 돌아오곤 했고 때론 과격한
반대론자들로부터 위험한 공격을 받기도 했기 때문
에 안젤라는 마음이 좋지 않았다.

다치지 않게 조심해.

난 괜찮아. 네가 더 걱정이지. 못 자고, 마르고.

요한이 붓을 내려놓고 안젤라의 어깨에 팔을 얹었

다. 길고 단단한 팔에서 전해져 오는 온기가 노곤한 기분을 들게 했다. 이렇게 계속 있을 수 있다면 다시 잠들 수 있을지도 모르겠네. 안젤라는 잠시 눈을 감고 생각했다.

요한이 커밍아웃을 했던 날을 안젤라는 생생하게 기억하고 있었다. 요한은 그때 열렬하게 연애 중이었고 마치 한여름 소나기를 맞고 뛰어온 사람처럼 누가 봐도 사랑에 빠졌다는 표시가 났다. 안젤라는 한 번도 보지 못한 요한의 애인에게 묘한 질투심 같은 것을 느꼈다. 창, 이라고 했나. 요한은 안젤라를 만나면 언제나 그 사람 이야기를 했다. 창이 말야, 창이 그러는데, 창은…. 그땐 자신의 남자 애인에 대해 편하게 이야기할 수 있는 사람이 몇 없어서 그랬는지 모르겠지만, 요한은 안젤라에게 언제나 그에 대한 이야기를 했고 그래서 안젤라는 둘 사이에 항상 그 사람이 끼어 있는 것처럼 느껴졌다.

그의 영향이었는지, 요한은 어느 날 갑자기 커밍아웃을 하겠다고 결심했다. 안젤라는 말렸지만, 요한의 결심은 이미 단단했다. 비겁하게 살지 말자고, 창과 약속했거든. 요한은 밀린 방학 숙제를 해치우듯 직장과 가족과 친구들에게 자신이 게이라는 사실을 밝혔다. 그리고 직장과 가족과 여러 친구들을 잃었다. 몇 달 후 창은 요한을 떠났는데, 열병처럼 한참을 앓던 요한 곁을 지키며 안젤라는 창이라는 남자를 미워했다. 이렇게 가버릴 거면서 평생을 함께 할 것 같은 약속 따위는 왜. 요한에게서 많은 것을 잃게 만든 그가 원망스러우면서 한편으로는 그런 순간에 요한의 옆에 자신이 있을 수 있다는 사실이 다행스러웠다.

무지갯빛 꽃잎으로 도화지 가장자리를 가득 채운 요한은 이제 도화지의 가운데에 글씨를 썼다. 짙은 코발트색 물감을 묻힌 붓은 춤을 추듯 요한의 손에서 움직였다. 안젤라는 요한이 쓴 짧은 문장을 가만히 눈으로 읽어보았다.

우리도
당신과 같은
사람입니다.

한동안 루시아는 새 일을 찾지 않았고 집에 머물면서 주로 유튜브를 보거나 잠을 잤다. 걱정스러운 마음에 안젤라가 몇 번 전복죽을 사다 주었으나 루시아는 시큰둥했다.

고맙긴 한데, 난 전복죽 별로야. 그리고 빈둥거릴 땐 라면이 최고지.

그래도 몸을 좀 생각해.

애를 낳은 것도 아니고. 그냥 지운 거잖아. 미카엘 말대로 원점.

달라진 게 없다고 말했지만 안젤라가 보기에 루시아의 얼굴은 예전같지 않았다. 많이 자는데도 늘 피곤해 보였고 잔뜩 부은 것 같았고 무엇보다 생기가 없었다.

안젤라는 그날도 새벽녘에 눈을 떴다. 현관문이 닫히는 소리를 듣고 잠이 깬 채 뒤척이다가 결국 다시 잠들지 못하고 거실로 나왔다. 집회와 뒤풀이를 끝내고 늦게 귀가하는 요한의 인기척이었나 했는데, 그의 신발은 아직 보이지 않았다. 안젤라가 물을 한 잔 마시고 다시 방 안으로 들어가려고 할 때 루시아가 나왔다. 질끈 묶은 머리카락은 마구 헝클어져 있었고, 얼굴은 잔뜩 부어 있었으며 입술에는 피가 묻어 있었다. 루시아는 안젤라가 들고 있는 생수병을 가져가 물을 벌컥벌컥 마셨다.

루시아.

아무것도 묻지 마.

설마 미카엘이….

실수한 거야. 오랜만에 너무 취해서.

루시아, 이건 아니야. 실수라고 할 수 있는 문제가

아냐.

안젤라는 무슨 말을 더 해야 할지 몰라 루시아의 손을 잡았다. 루시아는 안젤라의 손을 슬며시 뿌리치고 고개를 돌렸다. 안젤라는 고교 시절 성당에서의 무성한 소문들을 떠올렸다. 그랬었구나, 그때도. 그 많은 말들이 모두 그냥 떠도는 말들은 아니었구나. 루시아는 갑자기 얼굴을 찡그리며 배를 문질렀다.

가자, 루시아. 병원을 가든 경찰서를 가든, 나랑 같이 가자.

됐어. 못 본 걸로 해.

루시아는 싱크대 수전의 물을 틀어 입술에 묻은 피를 닦고는 옷소매로 물기를 털어냈다.

넌 언젠가 우리를 떠나겠지.

루시아는 안젤라를 가만히 바라보다가 의자에 털썩 앉으며 말했다. 그리고는 식탁 위에 엎드린 채 중얼거렸다.

너는 신에게 구원을 받아. 나는 미카엘을 구원할 거야.

아침이 되어도 요한은 들어오지 않았다. 미카엘도 마찬가지였다. 안젤라는 요한에게 전화를 걸어보았지만 전화기는 꺼져 있었다. 루시아는 자고 있는지

방에서 나오지 않았고, 안젤라 혼자 거실 식탁에 앉아 멍하니 시간을 보냈다.

늦은 주말 아침인데 집 안은 어둡기만 했다. 안젤라는 새벽에 루시아가 했던 말을 떠올렸다. 넌 언젠가 우리를 떠나겠지. 마음이 아팠지만 틀린 말은 아니었다. 이곳에서 평생 이렇게 살 수는 없다고 생각했으니까. 시간은 걸리겠지만 안젤라는 돈이 어느 정도 모이면 깔끔한 원룸이나 작은 아파트로 들어가야겠다고 생각하고 있었다. 그들은 오랜 시간 함께했지만 서로 다른 삶을 살고 있었고, 교집합의 영역을 벗어나는 부분들이 분명 각자에게 존재했다. 그건 오랜 우정이나 이성적인 이해만으로는 겹쳐질 수 없는 개인의 세계였다.

안젤라는 식탁 위에 놓인 로즈마리 화분을 보았다. 물을 열심히 주고 있다고 생각했는데, 아래쪽 잎들의 끝이 모두 갈색으로 변해 있었다. 물이 부족했던 걸까, 아니면 햇빛을 못 봐서일까. 역시 키우기가 쉽지 않네, 하고 안젤라는 낮은 한숨을 내쉬었다. 미카엘이 들어오면 얼굴을 어떻게 봐야 하지? 모른 척해야 하나, 화를 내야 하나, 아니면 진지하게 앉아서 이야기를 해보아야 할까. 차라리 요한이 먼저 들어오면 좋을 텐데. 요한이라면 답을 찾아줄 수 있을지도 모르는데. 안젤라는 하루가 지나도록 들어오지 않는 요한에게 혹시나 무슨 나쁜 일이 생긴 건 아닌지 걱정스러웠다. 다시 한 번 전화를 해보았지만 여전히 전화기는 꺼져 있었다.

전화기를 내려놓고 문득 고개를 돌렸을 때 안젤라는 소름이 돋는 것 같은 느낌에 몸을 조금 떨었다. 붙박이 장롱문에는 또다시 잿빛의 버섯이 잔뜩 올라와 있었다. 안젤라가 칼로 잘라냈던 곳의 옆쪽과 위쪽으로, 지지 않겠다는 듯 촘촘하게 자리를 차지하고 있는 작은 버섯들은 언제까지나 그곳에서 사라지지 않을 것만 같았다.

양의 울음

나 한국에 왔어.

휴고의 메시지를 받았을 때 윤은 조금 놀랐다. 호주에서 헤어지면서 예의상 건네는 인사처럼 이메일 주소를 주고받았을 뿐이어서 그렇게 연락을 받으리라고는 전혀 예상하지 못했기 때문이었다. 사실 몇 년 동안 그에 대해서는 생각조차 해본 적이 없었다.

윤과 휴고는 5년 전 퍼스의 셰어 하우스에 함께 살았다. 그곳에는 윤을 포함해 여섯 명이 살고 있었는데 국적이 모두 달랐다. 윤이 한국에서 왔다고 자신을 소개했을 때 휴고는 새까만 눈동자를 반짝이며 말했다.

나도 한국에서 태어났어.

태어난 지 6개월 만에 프랑스로 입양되었기 때문에 한국어는 전혀 할 줄 모른다며 휴고는 천진하게 웃었다. 함께 사는 동안 그는 때때로 한국에 대해 질문해

왔으나 윤의 짧은 영어 실력으로는 제대로 대답하기가 어려웠다. 해주고 싶은 이야기는 많았으나 겨우 유치원생 수준의 단어와 문장밖에 만들어낼 수가 없어서 윤은 좀 답답했다. 차라리 구글링을 하는 게 낫겠어, 라고 윤이 말했지만 휴고는 괜찮다고, 그냥 너의 생각을 직접 듣고 싶은 거라고 하며 등을 두드렸다.

퍼스에서의 생활은 윤에게 별로 좋은 기억이 아니었다. 더 정확히 말하자면 떠올리고 싶지 않을 정도로 끔찍했다. 그는 양 공장에서 일했는데, 그곳에서는 매일 수천 마리의 양들이 트럭에 실려와 목이 잘리고 가죽이 벗겨졌으며 장기가 모두 뜯긴 다음 작게 잘려 포장되었다. 윤은 운이 나쁘게도 슬라우터 파트에 배정을 받았다. 일이 더럽고 힘들기로 악명 높은 파트였다. 목이 잘린 거대한 양들이 기다란 벨트에 거꾸로 매달려 오는 모습을 처음 보았을 때 윤은 공포감을 느꼈지만 그런 감정은 곧 닥쳐올 노동의 강도에 묻혀버렸다.

윤은 뜨거운 인두로 양의 항문을 지져서 막는 일과 콩팥을 떼어내는 일, 그리고 위와 장을 분리하는 일을 번갈아가며 했다. 양은 죽었지만 몸속에 여전히 온기를 품고 있었다. 그 따뜻한 몸속으로 손을 집어넣어 콩팥을 떼어내는 일은 매번 그에게 잔혹한 감각을 남겼는데, 실은 그보다도 손목의 통증이 더욱 괴로웠다. 양의 장기는 생각보다 훨씬 무거웠고, 반복되는 노동은 윤의 손가락과 손목을 쉽게 망가뜨릴 수 있을 것 같았다.

점심은 도시락을 싸 와서 먹어야 했다. 죽은 양의 배설물 냄새와 피비린내를 맡으며 일하다 먹는 음식이 맛있을 리 없었다. 고기는 도무지 먹을 수가 없어서 빵과 채소만으로 점심을 때웠다. 자연스럽게 살이 빠졌고 하루하루가 피곤했다.

고단함의 원인은 공장뿐만이 아니라 셰어 하우스에도 있었다. 집에서는 매일같이 파티가 열렸다. 에너지가 넘치는 친구들은 언제나 음악을 크게 틀고 술을 마시고 춤을 췄다. 윤은 조용히 쉬고 싶을 때가 많았지만 분위기를 깨고 싶지 않아서 파티에 합류했고 적당한 시간이 되면 방으로 들어왔다.

그런 날들의 연속이었기 때문에 윤은 어서 시간이 흘러가기만을 바랐다. 그리고 세컨 비자를 받을 수 있게 되었을 때 미련 없이 짐을 챙겨 시드니로 떠났다. 퍼스에 머물면서 양 공장에서 좀 더 일하는 편이 돈을 모으기에는 좋았겠지만 윤은 그러지 않기로 했다. 그럴 수가 없었다. 죽음의 냄새, 비릿하고 시큼한 양의 피와 배설물 냄새, 귀마개로 막고 있어도 머리를

울리는 시끄러운 공장의 기계음, 물컹거리고 뜨끈하
고 무거운 양의 장기를 떼어낼 때의 손의 감각. 윤은
그것들로부터 서둘러 벗어나고 싶었다.

　1년 동안의 호주 생활을 끝내고 한국으로 돌아와
사촌누나의 결혼식에 참석했을 때, 친척들은 그에게
호기심과 시샘의 눈빛을 동시에 보냈다. 그들은 윤이
대학에서 장학금을 받아 어학연수를 다녀왔다고 알
고 있었다. 아버지의 허풍 덕분이었다. 대단하네, 나
중에 취업 잘 되겠어. 인사치레를 하는 친척 어른에게
아버지는 껄껄 웃어댔다. 그럼요, 취업은 걱정 없지
요, 일단 영어가 되니까. 사람들이 모두 코웃음 칠 거
라는 생각에 윤은 도망치고 싶었지만 아버지는 턱을
치켜들고 자랑스럽게 그의 어깨에 손을 올렸다.
　어학연수가 아니라 워킹 홀리데이예요.
　윤은 집으로 돌아오는 길에 아버지에게 말했다.
　그게 그거지 뭐냐.
　어학연수는 영어 배우러 가는 거고, 저는 돈 벌러
간 거고요.
　외국에서 일하다 보면 영어도 늘고 그런 거지 뭐.
어차피 그 사람들도 다 몰라. 그냥 외국 갔다 왔다고
하면 다 영어 공부하러 간 줄 알지.

세상 사람 모두가 자신과 같을 거라고 속 편하게
생각하고 사는 사람들이 있는데, 윤은 자신의 아버지
가 바로 그런 부류라고 생각했다. 투명하게 속이 다
보일 정도로 자신을 감추지 못하며 타인의 감정에는
무신경한 사람. 그래서 다른 사람들의 말 속에 담긴
진의를 파악하지 못하고 그게 전부라고 생각하는 사
람. 윤은 그런 아버지의 무지와 무신경함이 싫었다.
자신이 아버지의 유일한 자랑거리인 것도 싫었고, 그
런 것을 싫다고 말하지 못하는 자신도 싫었다.

아버지의 자랑과는 다르게, 애초에 그가 기대했던
것과도 다르게, 호주에서 지내는 1년 동안 그의 영어
실력은 별로 늘지 않았다. 퍼스의 양 공장에서는 말
할 힘이나 의지가 남아 있지 않았었기 때문에, 시드니
의 비누 공장에서는 같은 파트에 배정된 친구들이 모
두 한국인이었기 때문에, 윤은 딱히 영어를 쓸 일이
없었다. 더군다나 그는 퍼스의 셰어 하우스에서 매일
같이 벌어지는 다국적 파티에 지쳐, 시드니에서는 혼
자 쓸 수 있는 작고 허름한 집을 구했다. 생각해보면
공장 일을 끝내고 집에 들어와 휴식을 취하는 반복적
인 생활 속에서 그 배경이 호주라는 것은 중요하지가
않았다. 워킹 홀리데이에 대한 낭만적 상상은 양 공
장으로 출근한 첫날부터 산산조각 나버렸고, 그는 자

신이 그저 영어에 서툴고 가진 것이 없는 외국인 노동자일 뿐이라는 점을 금방 깨달았다.

어떤 이들은 짧은 외국 생활의 추억에 대해 포장해서, 혹은 과장해서 이야기하길 좋아했으나 윤은 단 한 번도 호주 생활에 대해 먼저 말을 꺼내는 일이 없었다. 그곳에서의 1년 동안 그는 자신이 아는 것들과 표현할 수 있는 것들을 제대로 말하지 못했고, 부당한 대우에 대해 항의하거나 따져 묻지 못했으며, 그런 이유로 자존감을 잃었다. 어린이처럼 단순한 언어를 구사하는 자신이 한심하고 바보같이 느껴졌고, 왜 말도 잘 안 통하는 나라에 와서 노예처럼 일하고 있는가, 하는 자괴감이 수시로 찾아왔다.

한국에 돌아와서도 한동안 그곳의 꿈을 꾸었는데, 긴 벨트에 거꾸로 매달린 채 피를 쏟으며 끝없이 돌고 도는 양들의 시체가 자주 등장했다. 때로는 몸집이 큰 호주 남자애들이 자신을 조롱하거나 콜라 캔을 던지며 너희 나라로 돌아가라고 소리치기도 했다. 그런 꿈을 꾸고 나면 윤은 한국에서 자신이 당연하게 누리고 있던 것들에 대해 생각했다. 당연하다고 여겼던 것들은 어쩌면 생각보다 쉽게 사라질 수 있는 것들이었다.

5년 만에 만난 휴고는 무척 단정해져 있었다. 퍼스에서 함께 지낼 때의 모습과는 사뭇 달랐다. 그때의 휴고는 어깨까지 오는 긴 곱슬머리를 질끈 묶고 한쪽 귀에 다섯 개나 되는 피어싱을 하고 있었다. 언제나 목이 늘어난 티셔츠와 색이 바랜 반바지 차림에 싸구려 슬리퍼를 끌고 다니던 휴고의 모습을 윤은 기억하고 있었다. 하지만 지금 윤의 앞에 서 있는 그는 전형적인 사회 초년생 직장인의 모습이었다. 트렌디한 스타일의 짧은 머리와 캐주얼하면서도 격식을 갖춘 세미 정장 차림의 휴고를, 윤은 못 알아보고 지나칠 뻔했다.

오랜만이야. 어떻게 지냈어?

모처럼 만나는 친한 친구를 대하는 것처럼 휴고는 윤에게 인사했다. 윤은 어쩐지 조금 어색한 느낌이 들었다. 달라진 겉모습 때문에 영 다른 사람 같아서이기도 했지만, 세 달 동안 한 집에 살았던 것에 비하면 휴고에 대해 아는 것이 별로 없다는 것 또한 그랬다.

둘 다 점심 전이었기 때문에 우선 식사를 하기로 했다. 휴고가 채식주의자라는 것을 기억해낸 윤은 근처에서 채식이 가능한 식당을 검색했다. 비건 식당이 한 군데 나오기는 했는데 파스타와 샐러드 같은 것을 하는 이탈리안 레스토랑이었다. 휴고가 한국 음식을 먹어보고 싶다고 해서 윤은 다시 검색한 끝에 비빔밥을 하는 식당을 찾아냈다. 특별한 주력 메뉴 없이 열가지 정도의 음식을 메뉴판에 적어 놓은 특색 없는 식당이었다.

비빔밥에 들어간 나물은 너무 오래 데친 듯 흐물거렸고 간이 좀 짰다. 그런데도 휴고는 배가 고팠는지 한 그릇을 싹 비웠다. 너무 잘 먹어서 윤은 좀 미안한 마음이 들었다.

더 좋은 식당에 데려갔어야 했는데.

아냐. 난 정말 좋았어. 로컬 식당에서 한국 음식을 먹고 싶었거든.

한국 식당에서 채식 메뉴를 찾기가 어렵지?

아, 그건 정말 어려웠어.

휴고는 가방을 뒤적거려 종이와 펜을 꺼내더니 윤에게 내밀었다.

한국어로 적어줘. 채식주의자입니다. 고기 빼고 주세요.

윤은 휴고가 말한 것을 종이에 적었다. 휴고는 좋아, 이제 문제없어, 하고는 싱긋 웃었다.

여긴 얼마나 있을 거야?

2주.

어디 가볼지 계획은 세웠어?

실은, 그냥 휴가를 온 게 아니야.

윤은 그때 휴고의 목소리가 살짝 들뜬 것 같다고 느꼈다. 그의 얼굴은 기대감에 차 있었고 그 기대에 대해 어떤 일말의 의심도 하지 않는 표정이었다.

난 친부모를 찾을 거야.

그게 가능할까?

윤은 집으로 돌아오며 생각했다. 휴고에게 그렇게 말하지는 않았다. 휴고는 친부모를 찾기 위해 이미 많은 준비를 하고 한국에 온 것이었고, 결과에 대해서도 낙관하고 있었다. 윤은 희망으로 가득 찬 휴고의 마음을 깨뜨리고 싶지 않았다.

행운을 빌어.

그는 그렇게 말했고 휴고는 고개를 끄덕이며 고맙다고 했다. 하지만, 그게 가능할까? 윤은 의구심이 들었다. 30년 전에 버린 아이가 갑자기 나타나 내가 당신의 아들입니다, 라고 한다면. 외모만 제외하고는 모든 것이 프랑스인인 남자가 서툰 한국어 발음으로 어머니, 아버지, 하고 부른다면. 그들은 과연 받아들일 수 있을까. 아니, 그보다도 그들을 찾을 수나 있을까.

윤이 집으로 돌아오자 아버지를 돌보던 요양보호

사가 반색하며 지금 퇴근해도 되겠냐고 물었다. 정해진 시간보다 한 시간 이른 때였지만 윤은 그러시라고 했다. 아버지와 비슷한 나이의 요양보호사 아주머니는 시간을 잘 지키지 않고 자꾸만 일찍 퇴근하려고 하는 점이 문제였지만, 치매 환자를 돌보는 일에는 베테랑이었다. 윤보다도 팔 힘이 좋아서 언제나 씻지 않으려고 버티는 아버지를 잘 제압했다.

아버지는 바지 밑단을 양말 속에 꾸깃꾸깃 집어넣고 있었다. 아버지가 자주 하는 많은 습관들 중의 하나여서 양말목은 이미 늘어날 대로 늘어나 있었다. 윤은 아버지가 하는 행동을 가만히 지켜보았다. 뭐가 생각대로 잘 되지 않는지 미간 사이에 주름이 짙어졌다.

아버지, 그만하세요.

윤이 입을 열자 아버지는 고개를 들어 그를 쳐다보았다. 아니, 노려보았다. 아버지가 이런 눈빛일 때 그를 누구로 생각하고 있는지 윤은 잘 알고 있었다.

형님, 그러는 거 아닙니다.

윤은 아버지의 사촌 형님이 되어 있었다. 자주 있는 일이었다. 아버지가 가장 자랑스러워하던 아들을 왜 가장 미워하고 원망하던 사람과 헷갈리는 건지 그는 알 수 없었다. 얼굴이 닮은 것도 목소리가 비슷한 것도 아니었다.

아버지는 윤에게 자주 그런 이야기를 했었다.

네가 그 집 애들보다 공부를 잘해서 자랑스럽다. 이제 그 형님도 나를 무시하지 못할 것이다.

사촌 형님에 대한 아버지의 그런 감정이 어디서 비롯되었는지 알고 싶어서 어머니에게 물었을 때 어머니는 코웃음 치듯 말했다.

자격지심이지. 못난 사람의 자격지심.

윤은 그때 처음으로 아버지를 불쌍하다고 생각했다. 불쌍하다. 싫은데 불쌍하고 마음이 아프다, 그런 생각이 들었다.

윤의 아버지는 3년 전에 알츠하이머 진단을 받았다. 인간의 존엄이라는 것은 질병 앞에서 허무할 정도로 쉽게 무너졌다. 윤은 아버지가 망가지는 모습을 담담하게 지켜보았다. 자신이 아버지를 존경하거나 좋아하지 않았다는 사실이 그때만큼은 다행이었다.

아버지가 알츠하이머 진단을 받았을 때 윤은 어머니에게 전화를 걸었다. 아버지의 상태에 대한 의사의 말을 전하자 어머니는 그에게 차갑게 말했다.

그걸 왜 나한테 말하는 거니.

어머니는 집을 떠나던 순간 마음을 다 정리해버린 듯했다.

지긋지긋하다, 지긋지긋해. 나를 원망할 테면 원망해라.

윤은 어머니에게 전화를 걸었던 것을 후회했다. 어머니는 윤이 고등학교를 졸업함과 동시에 벼르고 별렀던 것처럼 짐을 쌌다. 지겹게 견뎠다고 말하면서, 자신의 인생을 찾겠다고 했다. 그렇게 떠난 어머니인데 아버지가 아프다고 해서 뒤를 돌아볼 리는 없었다.

윤은 호주에서 돌아온 후 어영부영 학업을 마쳤다. 졸업 후에는 취업 준비를 한답시고 일 년 가까이 허비하다가 소규모의 학원에 들어가 중학생들에게 영어를 가르치기 시작했다. 영어 전공자는 아니었지만, 학원 원장은 윤이 호주로 워킹 홀리데이를 다녀왔다는 점을 높이 샀다.

학원 강사의 급여는 그리 많지 않았다. 아버지를 부양하며 겨우 생활이 가능한 정도였을 뿐 저축을 하거나 풍요롭게 소비할 정도는 아니었다. 그렇기 때문에 처음 학원 일을 시작할 때만 해도 윤은 자신이 그 일을 그리 오래 할 거라고는 생각하지 않았다. 그저 제대로 된 직장을 구하기 전까지의 임시 일자리 정도로 여겼을 뿐이었다. 하지만 아버지가 병을 얻게 된 이후로 윤은 이직에 대한 마음을 접었다. 버는 돈은 적었지만 그만큼 직장인에 비해 시간이 여유로웠다. 학원 수업이 있는 시간 동안만 요양보호사를 고용하면 자신이 충분히 아버지를 돌볼 수 있었기 때문에 윤은 그렇게 하는 편을 택했다. 친척들이 가끔 전화로 안부를 물으며 요양병원에 모시는 게 어떻겠냐고 권했지만 내키지 않았다. 불쌍하고도 싫은 사람이었으니까, 윤은 아버지를 곁에 두고 지켜보고 싶었다. 끝까지, 망가지는 모습까지, 전부 다.

넌 못됐어.

윤은 얼마 전 한이 보냈던 메시지를 다시 열어 보았다. 헤어진 지 일 년이 지났지만 한은 여전히 그에게 한 번씩 연락을 해 왔다. 때론 안부를 묻기도 했고 어떤 날은 보고 싶다는 말을 빙빙 돌려 하기도 했고 가끔 원망이나 비난을 퍼붓기도 했다. 윤은 답장을 하는 날도 있었고 하지 않는 날도 있었다. 그런 윤의 태도에 대해 한은 헷갈린다고 말했다. 사람 헷갈리게 하지 말라고 하면서도 윤이 답장을 하지 않으면 여러 번 메시지를 보내 그를 채근했다.

윤도 흔들리는 마음이 아예 없는 것은 아니었다. 늦은 저녁 일을 마치고 집으로 돌아가는 길의 차가운 공기 속에서, 새벽녘 잠에서 깨어 우두커니 홀로 앉은 어둠 속에서, 그는 가끔 한을 떠올렸다. 그의 주머니

속에서 깍지를 낀 채 꼼지락거렸던 그녀의 작은 손, 이불 속에서 맞닿은 몸의 땀과 온기, 윤의 얼굴에 와 닿는 그녀의 들숨과 날숨, 그런 것들을 생각하면 충동적으로 한을 찾아가고 싶어졌다. 눈에 보이지 않는 마음 같은 것보다는 그의 곁에 긴 시간 머물렀던 그녀의 형태, 그러니까 어떤 존재로서의 물성이 그리웠다. 윤은 알고 있었다. 자신이 느끼는 감정의 대상이 무엇을 향한 것인지 알고 있었기 때문에 한을 찾아가지 않았다. 그것이 오랜 시간 함께 보냈던 옛 연인을 위한 최소한의 예의라고 그는 생각했다.

한과는 같은 대학을 다녔고, 자주 함께 어울리던 무리에 속해 있었다. 친한 친구라고 할 수 있었지만 특별할 것은 없는 사이였다. 두 사람 사이의 기류가 달라진 것은 윤이 호주로 가면서부터였다. 한은 이메일로 종종 소식을 전해 왔는데 무척 긴 편지였고 윤은 그것을 여러 번 읽고 답장을 했다. 그러기를 몇 달 만에 한이 시드니로 여행을 온다고 했다.

윤은 비누 공장에 사흘 간 휴가를 내고 한과 함께 시간을 보냈다. 공장에서의 노예 같은 삶, 예고 없이 겪는 인종차별, 좁고 허름한 방에서 홀로 보내는 시간들, 딱딱하게 굳은 맛없는 빵, 그런 것들이 호주에서 살아가는 윤의 일상이었다면, 한과 함께 보낸 그 짧은 시간은 무척 비현실적이라고 할 수 있었다. 마치 남의 꿈속을 거니는 그런 기분에 휩싸여 윤은 어떤 고민도 없이 충동적으로 행동했다. 한도 어쩌면 여행지에서의 들뜬 마음 때문에 자신의 마음을 헷갈렸을지 모를 일이었다. 그들은 오차드 파크의 오두막 아래에서 입을 맞추었고 한이 예약해둔 숙소에서 함께 밤을 보냈다.

윤이 호주에서 돌아온 후 두 사람은 장거리 연애의 아쉬움을 모두 해소하겠다는 듯이 한동안 열렬했지만 그런 마음이 그리 오래 가지는 않았다. 들끓던 시간이 지나가자 그들 역시 대부분의 연인들처럼 서로에 대해 조금은 지루하고 시들해졌다. 그럼에도 딱히 헤어질 이유를 찾지 못해 습관처럼 만나서 함께 밥을 먹고 영화를 보거나 잠을 잤다. 특별할 것은 없지만 평온했던 둘의 관계를 먼저 끝내기로 결심한 사람은 윤이었다. 아버지의 병세는 점점 심해지고 있었고 그에게 주어진 상황은 언제 끝날지 알 수 없었다. 아버지를 보면 자신의 미래를 보는 것만 같아 암담해졌다. 너도 결국은 지긋지긋하다고 하게 될 거야. 윤은 한에게 그렇게 말했다. 네가 지겨워진 거면서 내 핑계 대지 마. 한은 윤에게 화를 냈지만 붙잡지는 않았다. 지난 일 년간 한이 드문드문 보내왔던 메시지들에는 그녀가 하고 싶은 말이 숨어 있었고, 윤은 그걸 알면서도 모른 척했다.

휴고에게서 다시 연락이 온 것은 사흘 뒤였다. 아버지가 옷장에 있는 옷들을 모조리 꺼내 여기저기 흩어놓은 후여서 윤은 그 뒷정리로 분주했다. 아버지는 어린애처럼 자꾸만 윤의 옆을 서성이면서, 형님, 제가 말입니다, 하고 알 수 없는 말들을 이어갔다. 앞으로 이런 일은 얼마나 더 반복될까, 아니지, 이보다 더한 상황이 얼마나 더 남아 있을까, 그걸 견딜 수 있을까. 그런 생각을 하며 옷을 정리하고 있을 때 전화벨이 울렸다.

어머니를 찾을 수 있을 것 같아.

휴고의 목소리는 몹시 흥분되어 있었다. 자신을 입양 보냈던 기관에서 친모의 연락처를 알아냈다고 했다. 우선 기관의 담당자가 친모를 만나 전후 사정을 이야기한 다음, 자신과 만날 수 있게 해줄 거라고 휴고는 말했다.

부탁이 있어. 내가 쓴 편지를 한국어로 좀 번역해줘.

휴고는 기관 담당자가 친모를 만나면 자신의 편지를 전해줄 거라고 했다. 윤은 정말 잘 되었다며 축하하고는 번역할 글을 보내달라고 했다. 전화를 끊고 곧 휴고가 편지 원본을 사진으로 보내 왔다. 윤은 정리하던 옷들을 제쳐두고 노트북을 꺼내 휴고의 편지 내용을 빠르게 번역했다. 한글로 저장한 파일을 휴고에게 보내고 다시 한 번 그의 편지를 읽었다. 긴 편지의 마지막에는 이렇게 적혀 있었다.

엄마, 꼭 만나고 싶어요. 나는 잘 자랐어요. 아무것도 걱정 마세요. 나는 모든 것에 감사하고 있어요.

윤은 휴고의 마음에 대해 생각했다. 자신을 버린 친모를 찾고 싶다는 건 대체 무슨 마음일까. 생후 6개월도 되지 않은 아이를 버린 사람이었다. 피치 못할 사정이 있었다는 걸 확인하고 그녀를 이해하고 싶은 것인지, 그저 자신의 뿌리를 알고 싶은 근원적 갈망인지, 윤으로서는 아무리 생각해도 알기가 어려웠다. 그에게는 평생을 함께 했음에도 결코 좋아할 수 없는 아버지가 있었고, 그가 성인이 될 때까지 양육의 의무를 다했는데도 원망만 남아버린 어머니가 있었다. 그뿐이었다. 혈연은 숭고하지도 완벽하지도 않았다.

퍼스에서 함께 지낼 때 휴고는 프랑스에서 입양아로 살아가면서 느껴야 했던 여러 가지 어려움들을 이야기한 적이 있었다. 아마 술에 좀 취해서였을 것이다. 자신과는 피부색이 다른 형제들, 동네에서 유일한 동양인인 자신에게 쏟아지는 알 수 없는 시선들,

엄격한 양부모님의 훈육과 파양에 대한 두려움. 그는 견뎠다고 말했다. 다른 선택지가 없었으므로 그저 견뎠다고.

그래도 나는 감사해. 내 양부모님이 아니었다면 나는 고아로 자라야 했겠지. 한국의 뒷골목 어딘가에서 소매치기 기술 따위나 배우고 있었을지도 몰라.

그런 이야기를 할 때 휴고의 눈빛을 윤은 기억했다. 그가 갖고 있는 감사의 마음은 두려움을 바탕에 깔고 있었다. 휴고에게 그것은 생존의 문제였을 뿐, 감상적으로 눈물을 흘리거나 인간극장의 감동 스토리로 완성될 만한 성질의 것은 아니었다.

그런데 왜, 이제 와서. 너를 그렇게 두려움에 떨며 살게 만든 친부모를 찾아서 뭐 어쩌려고. 윤은 화가 났다. 왜 그렇게 화가 나는지, 누구에게 화가 나는 건지 정확히 알 수 없었지만 가슴이 답답하고 뭔가가 치밀어 오르는 것 같았다. 윤의 아버지는 여전히 그의 옆에 서서 뭐라고 중얼거리듯 말하고 있었다.

여기서 이러지 말고 소파에 좀 앉아 계세요.

윤은 아버지를 향해 조금 소리를 높여 말했다. 자신에게 화를 내고 있다는 것을 인지한 아버지의 얼굴이 순간 어두워지고 미간이 좁아졌다. 아들을 제대로 알아보지는 못해도 목소리에 담긴 감정이 무엇인지는 쉽게 알아채는 것 같았다. 윤은 노트북을 덮고 일어서서 아버지의 손목을 잡아 끌어당겼다. 아버지는 윤에게 끌려가지 않으려고 고집스럽게 힘을 주며 버텼다. 왜 그렇게 있는 힘을 다해 버티는 건지 알지도 못한 채, 그저 인상을 쓰고 온몸에 힘을 가득 주며 윤에게 대항했다.

윤의 아버지는 젊은 시절 작은 화방을 운영했었다. 위치가 별로 좋지 않았을 뿐더러 작고 허름한 상점이었기 때문에 장사는 그리 잘되지 않았다. 수지타산이 맞지 않는데도 아버지는 화방을 접을 생각을 하지 않았다. 그렇다고 어떻게든 잘해보려고 애쓰는 것 같지도 않았다. 그저 시간에 맞춰 문을 열고 닫을 뿐이었고 동네의 할 일 없는 아저씨들이 놀러오면 바둑이나 두면서 시간을 보냈다. 어머니는 그런 아버지를 타박했고 원망했고 나중엔 경멸했다. 결국 가족의 생계는 어머니가 식당 주방일이나 청소일 같은 것을 하며 간신히 꾸려나갔다. 윤의 어머니는 일을 끝내고 집에 돌아오면 혼자 술을 마셨다. 한두 잔으로 시작되었던 음주량은 시간이 흐르면서 차츰 늘었고 나중에는 술 없이 살 수 없는 사람이 되었다.

네가 없었더라면 나는 이미 네 아버지를 떠났을 거

다. 네가 내 앞길을 막았다. 저 인간과 똑같이 닮은
네가.

술이 많이 취한 날에는 윤을 노려보며 그렇게 말
하기도 했다. 어린 윤은 취해 있는 어머니가 무서웠
고 자신을 탓하는 말들에 주눅이 들었다. 어느 쪽이
더 나빴던 걸까, 하고 윤은 생각했다. 미움을 가득 담
은 채 그를 보면서도 생계를 책임졌던 어머니와, 그
를 자랑스러워하면서 아무것도 해주지 않은 아버지.
결국 어머니는 떠나고 아버지 곁에는 자신이 남았다.
하지만 떠나는 것과 남는 것, 그 사실 자체만으로 그
들 가족 사이의 복잡한 감정을 정리해서 말할 수는
없었다.

지난 며칠 동안 윤은 유독 양 공장에 대한 꿈을 많
이 꾸었다. 휴고를 만났기 때문인가, 하고 생각했는
데 다른 꿈과는 달리 그 꿈은 특히 선명하고 생생해
서 윤은 잠에서 깰 때마다 한참 동안 방 안을 둘러보
아야 했다. 꿈속에서 양들은 피를 비롯한 온갖 분비
물들을 쏟아냈고 그는 그것을 온몸에 맞은 채 뛰어
다녔다. 그런 꿈을 꾸고 나면 자신의 몸을 감싼 비릿
하고 역겨운 냄새가 하루 종일 가시지 않는 것만 같
았다. 휴고에게서는 일주일째 연락이 없었다. 윤이
번역해 준 편지는 어떻게 되었는지, 친모를 만나게

된 것인지 궁금했지만, 혹여 만나지 못했다고 하더라도 자신이 도움을 줄 수 있는 일이 아니므로 먼저 연락이 올 때까지 기다리는 편이 낫겠다고 윤은 생각했다.

윤이 출근할 채비를 다 끝냈는 데도 요양보호사 아주머니는 오지 않고 있었다. 약속된 시간에서 이미 20분이 지나 있었다. 오늘은 수업 시작 시간이 여유가 있어서 괜찮지만, 앞 타임 수업이 있는 날에 아주머니가 늦어버리면 아버지를 집에 혼자 둔 채 밖에서 문을 잠그고 나와야 했다. 윤이 클레임을 걸지 않으니 점점 시간 약속을 지키지 않는 경우가 잦아지는 것 같아서, 오늘 한 번은 이야기를 해야겠다고 그는 마음먹었다. 아주머니를 기다리며 거실 소파에 앉아 수업 교재를 꺼내 보고 있는데, 낮잠을 자고 있던 아버지가 어느새 일어나 그의 옆으로 왔다.

자랑스러운 내 아들.

아버지는 윤의 머리를 쓰다듬으며 말했다.

미안하구나, 똑똑한 너를 뒷바라지해 주지 못해서.

아버지의 눈이 붉어져서 윤은 조금 당황했다. 아버지의 기억은 그가 중학생이거나 고등학생이었을 무렵으로 되돌아간 듯했다. 아버지는 미안함과 뿌듯함 같은 것이 뒤섞인 표정으로 그를 바라보며, 그래도 너보다 어려운 사람들을 생각하라는 둥 열심히 하면 훌륭한 사람이 될 수 있다는 둥 오래전 윤을 향해 하던 말들을 계속해서 이어갔다. 도무지 참을 수 없어진 윤은 아버지의 이름을 거칠게 불렀다.

윤인수! 못난 놈.

그러자 아버지의 얼굴에서는 따뜻한 미소가 사라졌고, 그가 자주 보아왔던 열등감과 자격지심이 가득 담긴 표정이 나타났다.

형님…!

윤은 아버지에게 다시 사촌형님이 되었다. 아버지를 마음껏 무시하고, 저열하게 희롱하며, 자존심의 밑바닥까지 아프게 긁어낼 수 있는 사람. 그건 바로 윤 자신이었다.

그날의 수업은 엉망이었다. 중학생 아이들은 감정 기복이 심했기 때문에 때때로 여러 명의 생체 리듬이 동시에 최저치로 치닫는 날에는 수업 분위기가 걷잡을 수 없어졌다. 아이들은 어떻게든 윤의 화를 돋우려는 듯 휴대폰을 꺼내 보고 수업과 관련 없는 말들을 하고 저희들끼리 낄낄거렸다. 그러다 윤이 실수로 영어 단어 하나를 잘못 읽자 한 아이가 그것을 지적하며 선생님이 그런 것도 틀리네, 하고 비아냥댔고

윤은 결국 폭발했다. 그는 목소리를 높여 아이들을 야단쳤고 특히 마지막에 그를 폭발하게 한 그 아이를 집중적으로 비난했다. 아이는 결국 눈물을 쏟고 말았다. 수업이 모두 끝나고 원장이 윤을 불렀다.

이런 식은 곤란합니다.

울던 아이가 쉬는 시간에 집으로 가버렸고, 원장은 학부모로부터 항의 전화를 받았다고 했다.

애들을 잘 다루는 줄 알았는데.

윤이 아무 말도 하지 않자 원장은 가벼운 한숨을 내쉬더니 학부모의 연락처를 내밀었다. 사과 전화를 하라는 것이었다. 윤은 죄송하다는 말과 함께 연락처가 적힌 종이를 주머니에 넣고 학원을 나왔다.

윤은 버스 정류장으로 걸어가며 휴대폰을 꺼내 원장이 적어준 번호를 입력했다. 통화 버튼에는 도무지 손이 가지 않았다. 마음에도 없는 사과를 해야 한다는 사실이 참담했다. 그때 휴고에게서 전화가 걸려왔다. 윤은 뭔지 모를 안도감을 느끼며 통화 버튼을 눌렀다.

윤, 고맙다고 말하려고 전화했어. 나 지금 공항이야. 오늘 밤 비행기로 돌아가.

어머니는? 친어머니는 만났어?

나를 만나고 싶지 않다고 했대.

윤은 잠시 무슨 말을 해야 할지 몰라 입을 다물었다. 30년 만에 고국으로 돌아와 친모의 행방을 찾았는데, 만나게 될 거라는 기대와 희망을 품고 기다렸는데, 또다시 버려진 셈이었다. 휴고 역시 아무 말이 없었다. 윤은 아주 길게 느껴지는 침묵을 깨고 입을 열었다.

휴고, 괜찮아?

괜찮아. 이유가 있겠지. 내가 모르는 이유가.

윤은 비행기 출발 시각을 묻고는 조심해서 가라고 인사했다. 그리고 언제 한국에 다시 오게 되면 만나자고 말했는데, 휴고는 한국에 다시 올 수 있을지 잘 모르겠다고 하며 어색한 웃음소리를 냈다. 윤은 그 웃음소리를 듣고 트럭에 가득 채워진 채 공장에 실려 오던 양들의 울음소리를 떠올렸는데, 그건 정말 터무니없는 연상 같았으므로 고개를 흔들어 환청 같은 그 소리를 떨쳐냈다. 휴고는 마지막 인사를 하고 전화를 끊었다. 곧 쓸쓸하게 고국을 떠날 휴고의 얼굴을 떠올리자 윤은 어쩐지 자신에게도 일종의 책임이 있는 것처럼 느껴졌다. 피곤한 하루다, 라고 생각하며 그는 한결 무거워진 발걸음으로 버스 정류장을 향해 걸어가기 시작했다.

카빙

오윤은 가방에서 노란 알약 하나를 꺼내 물과 함께
삼켰다. 조리 실습 수업이 있는 날은 긴장도가 너무
높아 신경안정제를 미리 먹어두는 편이 나았다. 깜빡
잊고 약을 먹지 않은 날은 심장이 몸 곳곳에 분양된
것처럼 여기저기서 두근거렸다. 극도로 예민해진 신
경은 아무 때나 불쑥불쑥 솟아오르며 날카로운 언어
로 튀어나왔고, 머릿속이 엉망이 되면서 익숙한 일에
도 실수를 빚어냈다.

작년 실습 수업 시간 중에 아이들끼리 장난을 치다
가 한 여학생이 기름에 손을 데었던 사건이 있었다.
그 일로 오윤은 꽤 곤욕을 겪었고 한동안 잠을 제대
로 자지 못해 몇 달 사이 체중이 5킬로그램이나 줄었
다. 다행히 아이의 상처가 잘 치료되고 나서는 그에
게 폭언을 쏟아붓던 학부모도 조용해졌지만, 그 일
이후로 그는 조리실에 있는 각종 도구와 재료들이 시

한 폭탄처럼 느껴지기 시작했다. 아이들은 그 폭탄으로 피구를 할 수 있을 만큼 에너지가 넘치고 무모했다. 그런 십대 아이들의 혈기왕성함은 언제나 그를 피곤하게 만들었다.

오윤은 오각기둥으로 손질된 당근 여러 개를 도마 위에 올렸다. 오늘부터는 당근으로 꽃을 만드는 카빙 수업을 해야 하기에 1교시 공강 시간을 활용해 미리 견본 몇 개를 만들어둘 생각이었다. 그는 조리 도구가 들어 있는 서랍에서 작고 날카로운 샤토나이프를 꺼냈다. 형광등 불빛에 칼날 끝이 반짝거렸다. 예전에 그의 손은 이 칼날에 여러 번 상처를 입었다. 칼을 쥐고 있다면 베거나 베이거나 둘 중 하나지. 그는 손바닥에 붉은 핏방울이 맺힐 때마다 생각했었다.

식재료를 조리하는 것이 아니라 조각한다는 점에서 카빙은 공예 수업에 가까웠다. 조리 분야 진로를 희망하는 아이들에게는 꼭 필요한 과정이었고, 그렇지 않은 아이들도 채소를 깎아 꽃이나 기하학적인 문양을 만드는 일을 꽤나 재미있어했다. 물론 작품의 완성도와는 별개로 말이다. 지난 십여 년간 이 학교에서 카빙을 가르쳤지만 아이들이 만들어내는 작품은 변함없이 조악했다. 공부를 못해도 다른 쪽에 재능이 있을 수 있다는 생각으로 교사 초년 시절에는 요리 영재를 발굴하겠다는 듯이 애써왔지만 별다른 소득은 없었다. 간혹 소질이 있어 보이는 아이들은 대체로 끈기가 없었으며, 성실하고 열심인 아이들은 재능이 없었다. 관광 특성화 고등학교라는 그럴싸한 이름을 가진 사립학교였지만 실상 진로와는 상관없이 중학교 성적 최하위권 아이들이 들어와 대충 시간을 때우고 고등학교 졸업장을 받아 가는 곳이었기에 오윤은 이곳에서 일하면서 교직 생활에 대한 이상과 열정을 접어버렸다. 그나마 실습 비중이 많은 과목이어서, 수업 중에 엎드려 자는 아이들과 실랑이하는 수고가 적게 든다는 점이 다행이라면 다행이었다.

각기 다른 모양으로 당근꽃 카빙 견본을 다섯 개 완성했을 때 1교시 종료령이 울렸다. 그는 그중 가장 잘 만들어진 당근꽃 하나를 접시에 놓고 사진을 찍었다. 찰칵하는 효과음과 더불어 선화의 웃음소리가 언뜻 맴도는 것 같은 착각이 일었다. 식재료로 만든 인공적인 꽃 장식에 오윤은 감흥이 없어진 지 오래였지만, 집에서 저녁을 먹을 때 간단히 카빙 플레이팅을 해주면 선화는 매번 좋아하며 사진을 찍어댔었다. 이제 그녀의 페이스북에 오윤과 함께 찍은 사진은 모두 지워졌는데 그가 했었던 플레이팅 사진만은 메인 화면에 그대로 남아 있었다. 그 사진을 볼 때마다 오윤은 선화에 대한 기억으로 출렁이며 현기증을 느꼈다. 더 이상 그러고 싶지 않다고 생각하면서도 습관적으로 선화의 페이스북에 들어가 그녀의 일상을 훔쳐보면서 이유 모를 안도감을 가졌다.

아이들의 왁자지껄한 목소리가 들려오기 시작하자 오윤은 카빙 견본 다섯 개를 접시 위에 가지런히 배열해놓고 조리대 위를 정리했다. 그리고 칠판 앞으로 가서 주의사항을 적기 시작했다. 나이프 사용 조심. 조리 도구로 장난치면 수행평가 감점. 물론 수행평가 점수 따위에 연연할 아이들이 아니라는 걸 오윤은 잘 알고 있었지만, 이런 식의 형식적인 경고 정도가 또다른 사고를 예방하기 위해 그가 할 수 있는 최선이었다.

오윤이 실습 수업을 끝내고 교무실 자리로 돌아오자 그의 책상 옆 바닥에 양반다리를 하고 앉아 있던 진우가 재빠르게 무릎을 꿇은 자세로 고쳐 앉았다.

"다 썼어요."

진우는 오윤의 책상 위를 가리켰다. 회색 갱지에 날려 쓴 글자에는 언뜻 봐도 반성의 기미가 없었다. 그는 책상 서랍에서 용지를 한 장 더 꺼냈다.

"성의 있게 다시 써."

"성의 있게 쓴 건데요."

"한 장 꽉 채워서 또박또박 써."

진우는 아, 하고 불만 섞인 한숨을 내뱉고는 다시 펜을 들었다. 한심한 놈. 오윤은 진우를 보며 고개를 저었다.

며칠 전 그의 반에는 작은 사고가 있었다. 쉬는 시간 화장실에 다녀와 자리에 앉으려는 경서의 의자를 진우가 일부러 뒤로 빼버린 것이었다. 경서는 그대로 주저앉으며 꼬리뼈를 다쳤다. 병원에서는 꼬리뼈 골절의 경우 깁스도 못 하니 저절로 낫기를 기다리는 수밖에 없다며 통증 줄이는 약만 처방해주었다.

오윤은 경서의 할머니에게 전화를 걸어 사정을 설명했다. 치료비는 학교 안전공제회에서 나올 것이며, 병결 처리되니 경서는 며칠 집에서 쉬어도 된다, 다치게 한 아이에게는 적합한 처벌을 줄 것이다, 그런 이야기였다. 조손 가정인 데다 기초수급을 받고 있는 형편이라는 걸 알고 있기에 치료비 문제에 대해 정확히 언급하는 것이 도움이 될 거라고 오윤은 생각했다.

"아이구, 처벌은요…. 애들끼리 장난치다가 그런 건데요, 뭘…. 그런데 선생님, 아까 전에 그쪽 아이 엄마가 전화가 와서 위로금 십만 원을 보내준다고 계좌번호를 알려달라던데 그걸 받아도 되는지…."

할머니는 중간중간 가래 끓는 기침을 해가며 오윤에게 조심스레 물었다. 십만 원? 오윤은 헛웃음이 나왔다. 진우의 부모는 제법 큰 규모의 헬스장과 실내 골프장을 동시에 운영하고 있었다. 불우하고 가난한 환경의 아이들이 대부분인 이 학교에서 진우의 부모는 상대적으로 꽤나 부유한 편에 속했고, 진우를 어떻게든 4년제 대학에 보내기 위해 다양한 방식으로 애를 썼다. 진우 어머니가 학부모 임원을 맡으면서 교사들은 회식 후 진우네 골프연습장을 자주 찾았다. 그리고 그로 인해 일종의 포인트가 차곡차곡 쌓이는 것처럼 진우는 각종 교내 수상 실적을 하나씩 얻게 되었다. 오윤도 그러한 비리에 담임으로서 일조한 바가 컸다. 공직 청렴도를 높여준다는 청탁금지법은 교사와 학부모들이 서로 안테나를 켜고 감시의 촉을 밝히는 학교에서나 유효했다. 이 학교의 구성원과 관계자들은 서로에게 대체로 무관심하고 무책임했으므로, 그 빈틈을 노려 자기 몫을 챙기는 사람에겐 매우 유리하고 편한 구조였다. 여기서는 부모가 조금만 신경을 쓴다면 아이가 특별히 잘하는 것이 없어도 교내 대회에서 상을 받을 수 있었고, 명목뿐인 임원을 쉽게 맡을 수 있었으며, 학생부에 올라갈 좋은 기록들을 남길 수 있었다.

진우의 경우 별다른 문제만 일으키지 않는다면 특별 전형으로 4년제 대학에도 진학이 가능한 상황이었다. 인문계 고등학교에서 3년 동안 공부만 죽어라하고도 변변찮은 대학에 진학하는 아이들로서는 억울한 일이겠지만, 입시에는 언제나 그런 구멍들이 존재했다.

　이번 일로 전화를 했을 때 진우 어머니는 혹시나 학생부에 기록이 남는 처벌을 받을까 봐 불안했는지 먼저 사과를 드리겠다며 다친 아이 학부모의 연락처를 알려달라고 했다. 오윤은 자신이 따로 언급하지 않아도 진우 어머니가 알아서 적당히 위로금을 챙기지 않을까 예상했었다. 그렇게 하면 일이 시끄러워지지도 않고 빠른 시간 안에 원만히 해결될 테니까. 하지만 고작 십만 원이라니. 진우가 두 달에 한 번씩 바꾸는 브랜드 운동화 가격만 해도 그 금액은 넘을 터였다.

　"예, 받으셔도 됩니다, 할머니."

　오윤은 경서 할머니의 쿨럭거리는 기침 소리를 들으며 돈의 상대성에 대해 생각했다. 십만 원이라는 돈은 진우네로서는 별다른 고민 없이 쉽게 소비할 수 있는 사소한 비용임에 틀림없지만, 경서네로서는 어려운 생활에 제법 도움이 될 만한 액수일 것이었다.

하지만 그런 걸 떠나서 진우네의 넉넉한 환경을 알고 있는 오윤으로서는 씁쓸한 마음이 들 수밖에 없었다. 이번 일은 상대 학부모가 어떻게 받아들이느냐에 따라 학교 폭력 운운할 수도 있는 문제였고 진우네 입장에서는 그런 말이 나오기 전에 돈으로 무마하는 편이 좋겠다고 판단했을 것인데, 그렇다면 최소한 경서가 한 달 이상 불편하게 생활하는 것에 대한 보상의 크기를 고려해야 했다. 진우 어머니가 경서네의 가정 상황을 이미 어느 정도 알고 위로금 액수를 낮춰 잡은 것인지는 모르겠지만, 오윤은 십만 원이라는 말을 듣고서 한여름 아스팔트 위에 서 있는 것처럼 마음이 들끓었다. 경서 할머니가 그 돈마저도 감지덕지하는 것 같아서 더 그랬다.

그는 할머니에게 인사를 건넨 뒤 전화를 끊었다. 어차피 자신도 그리 도덕적인 인간은 아니었다. 그동안 진우와 진우 어머니의 행동이 마음에 들지 않으면서도 철저히 현실 원칙에 따라 그들의 편익에 많은 기여를 해왔던 것이다. 그런 순간마다 오윤은 스스로가 말라 죽어가는 나무처럼 비틀어진 채 쪼그라들고 있다고 느꼈지만 그런 자신에 대한 회의나 자책보다는 합리화와 외면이 훨씬 쉬운 일이었다.

오윤은 달군 팬에 올리브유를 두르고 미리 썰어놓은 마늘과 양파, 청양고추를 차례로 넣어 볶았다. 재료를 넣을 때마다 치이익 하고 연기가 올라오며 마늘과 고추 향이 은근하게 퍼져 나왔다. 그가 무척 좋아하는 냄새였다. 재료 본연의 강한 매운 맛은 달궈진 기름에 중화되어 부담스럽지 않게 코를 자극했다.

"너하고 살면 평생 음식 걱정은 안 해도 되겠네."

집에서 요리를 해 먹고 나면 선화는 언제나 먼저 오윤를 안았다. 천천히 입을 맞추면 그날의 요리에 들어갔던 향신료들이 서로의 몸 깊숙이 퍼지는 것 같았다. 후각으로 기억된 일들은 다른 어떤 감각적 기억보다 잘 소환되었다. 오윤은 선화와 헤어진 후에 요리를 하거나 음식을 먹을 때면 자주 그녀를 떠올렸다. 바쁜 일상에 묻혀 있던 이별의 고통은 그런 순간에 물리적으로 체감되었다.

선화는 지적 장애인들을 고용해서 문구류를 제작 판매하는 사회적 기업에서 디자인 일을 맡아 하고 있었다. 말이 직업이지 오윤이 보기엔 사실 봉사활동에 가까웠다. 선화가 그곳에서 받는 월급으로는 최소한의 생활비조차 충당하기 어려웠기 때문에 저녁에는 프리랜서로 일감을 받아 추가 작업을 해야만 했다. 오윤은 선화가 재능과 시간을 낭비하고 있다고 생각했기 때문에, 서로 결혼을 이야기할 정도로 진지한 사이가 되었을 때 그녀에게 이직을 권유한 적이 있었다.

"내가 뭘 꿈꾸고 있는지 너는 알 거라고 생각했는데."

선화의 반응은 딱딱하게 굳어버린 시멘트 덩어리처럼 차갑고 단단했다. 그녀가 가진 이상을 그가 모르는 것은 아니었다. 하지만 적은 돈을 받고 몸을 혹사시키는 것만이 꿈을 이룰 수 있는 유일한 방법은 아니라는 것이 오윤의 생각이었다.

"알지만, 차라리 좋은 회사 들어가서 번 돈으로 기부를 하는 편이 더 낫지 않겠어?"

그날 선화는 무척 화가 나서 집으로 돌아갔고, 오윤은 그녀의 마음을 풀기 위해 일주일 내내 애를 써야 했다. 어쩌면 둘의 관계는 그때부터 이미 틀어지기 시작한 것일지도 모를 일이었다.

오윤은 가운데가 오목한 사각 접시에 완성된 파스타를 담고 냉장고에서 맥주 한 캔을 꺼냈다. 혼자라고 해도 끼니를 거르지는 말 것. 그것은 언젠가 스스로와 한 약속이었다. 그리고 선화와 헤어질 때 그녀에게 당부한 말이기도 했다. 타앗. 캔 뚜껑을 따자 탄산 압력이 빠지는 소리가 고요 속에서 울려 퍼졌다. 맥주 거품 같은 기억들이 속수무책으로 흘러내렸다.

"어이, 한진우! 아버지는 잘 계시냐?"

영어 교사 규영이 교무실 청소 중인 진우를 향해 말을 걸었다. 진우는 씨익 웃으며 밀대 걸레를 잡고 있던 손을 들어 오케이 사인을 보냈다. 오윤은 그 둘을 번갈아 보다가 컴퓨터 모니터로 시선을 돌렸다.

진우에 대한 처벌은 교내 봉사활동 일주일과 반성문으로 결정이 났다. 학생부에는 기록하지 않기로 했다. 진우 어머니는 그 처분마저도 마음에 들지 않는다는 듯이 오윤에게 전화를 걸어 말했다.

"아니, 다친 애 보호자가 괜찮다고 하는데…."

"그래서 이 정도로 마무리된 겁니다, 어머니. 처벌을 아예 안 할 수는 없어요. 다른 아이들 보는 눈도 있고."

정작 당사자인 진우는 아무 생각이 없었다. 경서에 대한 미안함도 보이지 않았고, 일주일 동안 교내 청소를 하는 것에 대한 불만도 없었다. 오히려 정식으로 수업을 빠지게 되어 신이 난 것처럼 느껴질 정도였다.

벌을 받고 있는 것은 오히려 경서 쪽인 것 같기도 했다. 의사는 경서에게 한 달 동안 가급적 의자에 앉지 말라는 처방을 내렸다. 그 편이 통증도 덜하고 회복도 빠를 거라는 얘기였다. 경서는 의자를 치우고 책상 앞에 선 채로 수업을 들어야 했다. 간혹 꾸벅꾸벅 졸며 몸의 중심을 잃는 그 아이를 보며 오윤은 마음이 불편했다. 힘들면 보건실에서 좀 쉬다 와도 된다고 말했지만 경서는 마치 극기 훈련이라도 하는 것처럼 버텼다.

"최 선생, 비도 오는데 오늘 마치고 한잔할까?"

규영이 의자를 빙글빙글 돌리며 오윤에게 물었다. 그는 이런저런 이유를 들어 술자리를 자주 만들었는데 그때마다 오윤을 꼭 챙겼다.

"오늘은 수업 준비할 게 많아서…."

"에이, 수업 준비는 무슨…. 대충해, 대충. 하여튼 최 선생은 다 좋은데 너무 고지식한 게 문제야. 같이 갑시다, 응?"

기간제로 교사 생활을 시작했을 때부터 대학 동문이라고 자신을 챙기는 규영의 덕을 보았었기에 오윤은 그가 이끄는 술자리를 거절하지 못했다. 사실 그런 자리에서만 얻을 수 있는 정보나 관계들도 무시할 수 없었다. 하지만 회식 후 자주 진우네 골프연습장으로 향하게 되는 것이 오윤은 어쩐지 부담스러웠다. 올해 진우의 담임이 된 이후로는 그런 일이 더욱 불편해졌으므로 어떻게든 골프연습장까지는 따라가지 않을 핑곗거리를 만들어야겠다고 그는 생각했다.

"그래서 어쩌고 싶다는 건데?"

소정이 얇은 이불 안에서 오윤의 팔을 쓰다듬으며
물었다. 다른 사람에게 학교 이야기는 잘 하지 않는
그였지만 술김에 진우와 경서에 대한 이야기를 맥락
없이 풀어놓은 것이다.

"그 녀석을 제대로 벌주고 싶다는 거지. 학생부에도
안 올라가는 교내 봉사활동 그런 거 말고."

"그 애 엄마가 장난 아니라며."

"응."

"그럼 맘에 걸려도 그냥 넘겨야지. 아님 각오하고
제대로 한번 들이받든가."

오윤은 소정의 말에 쓴웃음을 짓고는 그녀의 얼굴
과 몸에 입을 맞췄다. 둘 다 적당히 술에 취해 몸이
쉽게 달아올랐다.

소정과는 대학 시절부터 가끔 만나서 자는 사이였
다. 연애는 하지 않았다. 어쩌면 연애를 하지 않았기
때문에 지금까지 관계가 이어져온 것일지도 몰랐다.
각자 애인이 있을 때는 만남이 뜸해졌지만 공백이 길
어도 둘 사이에 어색함은 없었다. 분명 사랑은 아니
었는데 애정이랄지 우정이랄지 사람 사이에 폭넓게

작용하는 감정이 둘을 묶어주고 있었다.

1차만 하고 어떻게든 빠져나오겠다는 오윤의 결심은 아무런 소용이 없었다. 규영은 어떤 핑계에도 맞불을 놓을 수 있는 사람이었다. 결국 오윤은 규영의 손에 이끌려 진우네 골프연습장에 따라가 불편한 접대를 받고, 3차까지 가서 규영이 만취한 후에야 자리를 벗어날 수 있었다. 오윤은 택시 안에서 소정에게 전화를 걸었다. 속에서 들끓는 것들을 해결하지 않고는 잠이 들 수 없을 것만 같았다.

오윤은 소정에게 평소보다 훨씬 거칠게 굴었다. 그의 안에 가득 채워진 불쾌와 경멸과 무력감과 자기혐오를 내던지듯 그녀를 짓누르고 흔들어댔다. 네모난 작은 방은 둘의 몸에서 퍼져 나온 열기와 습기로 팽창하고 있는 것 같았다.

더 이상 참을 수 없다고 생각한 순간, 갑자기 오윤의 머릿속에 그날의 일이 스쳐 지나갔다. 그와 동시에 불길처럼 타오르던 욕망이 찬물을 끼얹은 것처럼 소진되었다. 오윤은 스르르 힘이 풀린 채 소정의 옆에 쓰러지듯 누웠고 소정은 그런 오윤의 뺨을 가만히 쓰다듬었다.

그날의 선화는 평소보다 훨씬 더 생기 있어 보였다.

어깨까지 내려오는 머리는 평소처럼 풀지 않고 둥글게 부푼 머핀처럼 위로 말아올렸다. 귀 옆으로 머리카락 몇 가닥이 흘러내려 바람이 불면 부드럽게 흩날렸다. 연청색의 스키니진과 흰색 린넨 셔츠를 입은 그녀의 모습은 어쩐지 낯설면서도 매력적이었다.

다만 불편한 것은 선화와 오윤 사이에 한 사람이 더 끼어 있다는 사실이었다. 말하자면 선화의 직장 동료인 셈이었는데 자폐를 앓고 있는 삼십 대 남자였다. 그는 선화가 속해 있는 사회적 기업에 고용되어 일하고 있는 사람이었다.

선화는 오윤과 데이트를 하기로 한 날 아침, 전화를 걸어와 약속을 취소해야겠다고 말했다.

"영군이라고, 전에 이야기했던 애 있지? 그 애 어머니가 반나절만 좀 봐달라고 부탁하셔서."

오윤도 기억하는 이름이었다. 누나, 누나, 하면서 자신을 워낙 따른다고 선화가 여러 번 이야기했었다. 하지만 굳이 주말까지 나서서 그래야 하는 건지, 그녀가 하는 것이 과연 일인지 봉사활동인지, 오윤은 의구심이 들었다.

"그냥 같이 만나자."

오윤의 말에 선화는 무척 놀라고 감동하는 것 같았다. 그녀가 어떻게 받아들인 건지는 모르겠지만, 오윤의 입장에서는 그저 걱정되고 불안했을 뿐이었다. 자신의 애인이 자폐를 앓고 있는 남자와 단둘이 반나절을 보내야 한다는 사실에 대해, 자신이 예측할 수 없는 어떤 일이 벌어질지도 모른다는 불확실성에 대해서 말이다.

셋이 함께 공원을 거닐면서 선화는 보통 때보다 한 톤 높아진 목소리로 많은 이야기를 했다. 의미를 알 수 없는 영군의 행동에 깔깔거리며 웃기도 했다. 오윤은 웃을 수가 없었다. 그녀의 이야기에 집중도 되지 않았다. 지나가는 사람들의 시선에 자꾸만 신경이 쓰이고, 평소보다도 훨씬 즐거워 보이는 선화의 모습에 기분이 이상해졌다.

"샌드위치 만들어 왔어. 저쪽 가서 자리 깔고 먹자."

아직 배가 고플 시간은 아니었지만 오윤은 사람들의 시선에서 좀 벗어나고 싶었다.

"정말? 서둘러 나오느라고 아침도 못 먹었는데."

선화는 오윤의 제안에 반색하며 그가 가리킨 곳으로 영군을 이끌었다.

"영군, 샌드위치 먹자. 맛있을 거야. 저 형이 요리 선생님이거든."

영군은 샌드위치, 샌드위치, 하며 두 손으로 계속 자신의 배를 쳤다. 오윤은 나무 그늘 아래에 자리를 깔고 가방에서 도시락을 꺼냈다. 선화는 영군을 자리에 앉게 하고는 그 옆에 무릎을 꿇고 앉아 신발을 벗겨주었다. 그런 선화의 모습을 곁눈질로 보며 오윤은 묘한 열기가 온몸을 둘러싸는 것만 같은 느낌에 휩싸여 부질없이 손부채질을 했다.

도시락 뚜껑을 연 선화는 입이 벌어졌다. 양상추, 오이, 토마토, 그리고 치즈와 슬라이스 햄을 넣어 만든 크로와상 샌드위치였다. 빵 사이로 보이는 재료들의 다양한 색감만으로도 비주얼이 그럴싸했는데 도시락 구석 자리엔 남은 재료로 카빙한 오이꽃도 넣어두었다.

"와, 역시!"

선화는 아이처럼 좋아하며 가방 안에서 휴대폰을 꺼냈다. 자신의 솜씨에 감탄하는 선화의 얼굴을 보며 오윤의 구겨진 마음은 조금씩 펴지기 시작했다. 선화는 그의 도시락을 사진으로 남기기 위해 카메라의 구도를 잡았다.

그때였다. 영군의 손이 도시락 안으로 쑥 들어왔다. 그리고는 말릴 틈도 없이 오이꽃을 집어 입속으로 쑤셔 넣어버렸다. 사진을 찍으려던 선화는 당황한 듯 휴대폰을 내려놓았다. 오윤은 그때까지 눌러놓았던 무언가가 폭발하듯 터져버려 버럭 소리를 질렀다.

"야! 그거 먹으라고 만든 거 아니야!"

영군은 흠칫 놀라며 뒤로 물러나 앉더니 갑자기 아 아아아아, 하고 단음절의 소리를 반복해서 내며 두 손으로 자기 이마를 치기 시작했다. 선화는 영군의 어깨를 감싸안고 괜찮아, 괜찮아, 하며 다독였다. 하 지만 영군의 목소리는 점점 커졌고 이마를 치는 손의 힘도 더욱 거세졌다.

"왜 애한테 소리를 지르고 그래?"

선화는 여전히 영군의 뒤에서 어깨를 감싼 채 낮은 목소리로 오윤을 질타했다. 멀리서 지나가던 사람들 이 걸음을 멈추고 그들을 구경했다. 영군이 내는 소 리는 행인들의 이목을 끌기에 충분할 만큼 기괴하고 시끄러웠다. 오윤은 아무 말도 할 수 없었다. 그저 빨 리 이곳을 벗어나고 싶다는 생각뿐이었다.

— 위 학생은 학생회 임원으로 평소 맡은 바 임무에 충실하며 투철한 봉사 정신과 애교심을 바탕으로 본 교 학생들의 모범이 되었으므로 이 상을 수여합니다.

오윤은 모범상 양식 파일에 진우의 이름을 타이핑 해 넣으며 실소를 지었다. 학기말이면 학생회 임원들 에게 의례적으로 주는 상이긴 해도, 같은 반 급우를 고의로 다치게 한 아이에게 모범상이라니. 담임의 권

한으로 수상 대상자 목록에서 제외시킬 수도 있었겠으나 오윤은 그러지 않았다. 진우에게 상장을 하나 주는 것은 매우 간단한 일이었지만, 그것을 뒤집는 일은 번거로운 절차와 반응을 가져올 게 분명했고 그런 귀찮은 일들을 감수할 만한 열정이나 양심이 그에게는 별로 남아 있지 않았다.

진우는 5일간의 교내 봉사활동을 끝내고 다시 교실로 돌아왔다. 그리고 마치 그동안의 공백을 메우겠다는 듯 최선을 다해 떠들거나 잤으며, 쉬는 시간이면 한 무리의 아이들을 몰고 다니며 교실 안팎을 휘저었다.

아침 조례 시간에 교실에 들어갔을 때는 진우와 그 무리들이 모여 휴대폰을 보며 킬킬거리고 있어서 오윤이 압수했다. 휴대폰 화면에 떠 있는 것은 진우를 포함한 남자 아이들 몇 명의 단톡방이었는데, 책상 앞에 서서 졸고 있는 경서의 사진과 함께 그 애를 조롱하는 말들이 여러 개 이어져 있었다. 사진을 올린 것은 진우였다. 오윤은 조례가 끝난 후 진우를 복도로 불렀다.

"너 진짜 정신 안 차릴래? 학폭위 열까?"

"아, 샘… 그냥 친한 애들끼리 얘기한 건데요."

"경서한테 왜 그러는 건데?"

"개 쓰레기예요."

"뭐?"

"샘한테 말하기에는 좀 그런 게 있어요. 암튼 존나 더러워요."

오윤은 한숨을 내쉬며 이마를 짚었다. 그때 진우가 눈빛을 반짝이며 오윤의 뒤쪽을 보고는 헛구역질하는 시늉을 했다. 오윤이 뒤돌아보자 고개를 푹 숙인 채 지나가는 경서의 모습이 보였다.

"대학 가고 싶으면 행동 똑바로 해."

오윤이 진우에게 할 수 있는 말은 고작 그런 것이었다. 진우는 빙글거리며 그에게 장난치듯 거수 경례를 붙이고는 뛰어가 버렸다.

오윤은 두통약과 위장약을 한꺼번에 입안에 털어 넣고 물을 마셨다. 숙취에 두통약을 먹는 건 좋지 않다고 했지만 어쩔 도리가 없었다. 지난 밤 섞어 마신 술은 그의 몸과 마음을 모두 뒤엉키게 했다. 아니 어쩌면 모든 게 이미 뒤엉켜 있던 것일지도 몰랐다. 그는 취기에 소정에게 연락했지만 그녀는 시끄러운 음악 소리 속에서 오늘은 안 되겠네, 하고 전화를 끊었다.

끊어진 전화기의 화면을 가만히 바라보던 오윤은 자신도 모르게 선화의 전화번호를 눌렀다. 헤어진 후 처음으로 걸어보는 전화였다. 받을 거라는 기대는 하지 않았는데 긴 신호음 끝에 선화의 목소리가 들려왔다. 오윤은 어색하게 안부를 물었다. 마치 둘 사이에 아무런 일도 없었던 것처럼 무심하고 의미 없는 대화가 몇 번 오간 뒤 침묵이 흘렀다.

"우리가 왜 이렇게 된 거지?"

침묵을 깨고 오윤이 말했다. 돌이켜 보면 이상한 일이었다. 공원에서의 사건은 사소했다. 둘의 사이는 결혼까지 고려할 정도로 이미 깊었고, 고작 그런 일로 헤어질 수는 없는 관계라고 그는 생각했다.

"그날 일은 내가 심했어. 미안해."

오윤의 말에 선화는 작게 한숨을 내쉬었다. 그리고 아무런 감정이 담기지 않은 목소리로 말했다.

"네가 미안해할 일이 아냐. 그냥, 내 마음이 식었어."

선화의 그 말은 내내 오윤의 귓가를 맴돌았다. 아침에 쓰린 가슴을 문지르며 출근할 때도, 두통으로 오전 수업 시간을 온통 엉망으로 보내는 동안에도, 그녀의 덤덤한 목소리가 오윤을 괴롭혔다. 마음이 식었다는 말에 포함된 수많은 함의들이 오윤을 낙담과 절망에 빠뜨렸고, 그는 깊이를 알 수 없는 저수지에 내던져진 사람처럼 허우적거렸다.

약 기운 때문인지 그저 시간이 흘러서 회복된 건지

오후가 되자 몸 상태가 조금 나아져서 오윤은 공강 시간에 처리해야 할 몇 가지 업무를 끝냈다. 그리고 경서의 할머니 휴대폰으로 전화를 걸었다. 여전히 전화기는 꺼져 있었다.

경서가 무단 결석을 한 지 사흘째였다. 그 아이에게는 휴대폰이 없었고 보호자 연락처로도 통화가 되질 않았다. 오늘은 아무래도 집에 찾아가 봐야겠다는 생각에, 오윤은 학급 주소록을 뒤적였다.

경서네 집은 오래된 주택이 오밀조밀 모여 있는 고지대의 골목에 있었다. 길찾기 맵을 보고도 감이 안 잡혀서 오윤은 한참을 헤맨 후에야 겨우 집을 찾을 수 있었다. 녹이 슬고 페인트칠이 군데군데 벗겨진 파란색 철문은 누구도 경계하지 않는다는 듯 활짝 열려 있었다. 집은 기역자형의 단층 다세대 주택이었다. 오윤은 대문 안으로 들어가 가장 먼저 보이는 출입문을 두드렸다.

"계세요?"

여러 번 문을 두드려도 인기척이 없었는데 경서의 이름을 반복해서 부르자 건물의 가장 오른편에 있는 문이 느리게 열렸다. 경서의 얼굴은 거칠었고 머리는 부스스했다.

"아팠었니?"

"…할머니가 돌아가셨어요."

고개를 푹 숙인 채 대답하는 경서를 보고 오윤은 잠시 할 말을 잊었다.

"장례식은?"

"그냥 바로 화장했어요. 어차피 올 사람도 없고…."

"학교로 연락하지 그랬니."

경서는 여전히 고개를 숙인 채 보풀이 인 티셔츠 끝자락을 만지작거렸다. 오윤은 뭔지 모를 부채감에 휩싸여 속이 울렁거렸다.

"아무튼 고생했다. 마음 잘 추스르고 다음 주부터 등교해."

"저 학교 안 다닐 거예요."

"경서야, 그러지 마라. 마음 정리할 시간이 필요하면 며칠 더 쉬었다 와도 돼."

"예전부터 자퇴하고 싶었는데 할머니 때문에 학교 다닌 거예요."

"고등학교는 졸업해야지. 힘든 일이 있으면 선생님이 도와줄게."

오윤의 말에 경서는 잠깐 그의 얼굴을 빤히 쳐다보더니 입을 열었다.

"…선생님은 못 도와주실 거예요."

경서의 목소리에는 체념과 원망과 절망스런 확신이 묻어 있었다. 오윤은 아무런 말도 할 수가 없었다. 경서의 말이 틀리지 않다는 걸 스스로도 너무나 잘 알았다. 경서는 고개를 숙여 인사하고는 힘없이 문 안으로 들어갔다. 오윤은 바람에 삐거덕거리는 문을 바라보다 결국 돌아섰다. 경서의 뒷모습을 보니 어쩐지 선화가 자신을 떠난 이유에 대해서도 모두 다 알 것만 같았다.

좁고 지저분한 골목길을 돌아 나오며 오윤은 자신의 마음속을 휘젓고 있는 자책과 환멸을 접어두고 다음 주에 해야 할 2차 카빙 실기 수업에 대해서만 생각하기로 했다. 수업 전에 나이프를 미리 갈아두어야겠어. 칼날이 잘 손질되어 있어야 조각하기가 편하지.

그는 이미 능숙한 카빙 기술자였다. 끝이 예리한 샤토나이프의 칼날에 자주 다쳤던 시절도 있었지만 그건 지난 일이었다. 이제 자신이 든 칼에 스스로 상처 입는 일은 없을 것이므로, 칼날은 날카로울수록 좋았다.

아침은 느리게 온다

아무래도 안 되겠어. 유경은 가늘고 길게 맺힌 핏방울을 보며 생각했다. 아이를 유치원에 보내놓고 설거지를 하는 손이 평소와 다르게 비틀거렸고 결국 그릇하나가 미끄러져 깨지면서 손등을 스쳤다. 선홍색 피를 휴지로 닦아내며 유경은 선우를 다시 데려와야겠다고 마음먹었다. 아직 출발하진 않았겠지? 유경은빠르게 옷을 챙겨 입고 집을 나섰다. 누군가에게 쫓기는 것처럼 발걸음이 바빴다.

유경이 유치원에 도착했을 때 아이들은 입구에 세워둔 차량에 탑승 중이었다. 쉴 새 없이 재잘거리는작은 입술들에는 기대와 흥분이 흘러넘쳤다. 고작해야 유치원밖에 다녀보지 않은 어린 아이들도 일상을벗어난다는 것의 기쁨에 대해 충분히 알고 있었다. 유경은 줄을 선 아이들을 눈으로 훑었다. 선우는 보이지 않았다. 유경을 발견한 구름반 교사가 숙련된

아침은 느리게 온다   197

미소를 지으며 다가왔다.

　어머니, 선우가 뭐 빠뜨린 거라도?

　그게 아니고요, 선생님.

　유경은 선우를 집에 데려가야겠다고 말했다. 아이
가 어제부터 컨디션이 좋지 않았고 미열이 있었기 때
문에 아무래도 오늘 체험에는 빠지는 것이 좋겠다고
이유를 둘러댔다. 교사는 유경에게 잠시 기다려달라
고 하고는 차에 올라탔다. 잠시 후 교사의 손에 이끌
려 차에서 내린 선우는 곧 울 것처럼 표정이 일그러
져 있었다. 선우의 어깨에서 도시락과 간식이 들어 있
는 작은 소풍 가방이 흘러내렸다. 준비물로 챙겨 보
냈던 모래놀이 도구와 갯벌 체험용 플라스틱 삽이 들
어있는 보조 가방을 교사가 유경에게 건넸다.

　집으로 돌아오는 내내 아이는 시무룩한 표정으로
아무 말도 하지 않았다. 유경은 선우의 마음을 어떻
게 풀어줄 수 있을지 생각했다. 모처럼의 체험학습
을 한껏 기대했을 아이에게 미안한 마음이 들었지만,
그렇다고 불안함으로 하루 종일 마음만 졸이고 있을
수는 없었다.

　엄마, 나 안 아파.

　알아.

　조개 캐러 가고 싶어.

바다는 위험해.

바다에 안 들어갈 건데.

유경은 말없이 아이의 손을 꼭 잡았다. 애초에 바다 물놀이를 가는 것이었다면 체험학습 동의서를 보내지도 않았을 것이다. 갯벌 체험이니까 걱정할 것 없다고, 썰물이 빠져나간 갯벌에서 흙 파고 조개 캐고 노는 것일 뿐이니 그냥 보내주라는 남편의 말에 마지못해 동의서에 사인을 했다. 하지만 아이들은 언제나 어디로 튈지 모르는 고무공과 같았다. 벽이나 울타리 같은 저지선이 없는 곳에서 스무 명이 넘는 아이들을 교사 한 명이 제대로 돌볼 수 있을까, 하고 유경은 불안을 거두지 못했다. 사고는 언제라도 일어날 수 있는 것이고, 한번 벌어진 일은 아무리 곱씹어도 다시 돌이킬 수 없었다. 다만 유경이 할 수 있는 것은 아이에게 벌어질 수 있는 일들을 머릿속으로 떠올려보고 그런 상황을 아예 만들지 않는 것뿐이었다.

유경은 선우의 기분을 풀어주기 위해 편의점에 들렀다. 평소에 잘 사주지 않는, 조잡한 장난감이 부록으로 달려 있는 초코볼을 아이의 손에 쥐어주었다. 무슨 장난감이 들어 있을까, 하고 유경은 한 톤 올린 밝은 목소리로 아이에게 말을 걸었다. 하지만 선우의 시무룩한 표정은 좀처럼 나아지지 않았고 그렇게나 좋아하던 초코볼에도 아무런 관심을 보이지 않았다.

선우 엄마!

아이의 속도에 맞추느라 천천히 걷고 있는 유경의 뒤쪽 먼 곳에서 목소리가 들렸다. 모른 척하며 빨리 걸어가 버리고 싶었지만 그러기엔 선우의 발걸음이 느렸다. 유경은 뒤를 돌아보았고, 주완 엄마의 얼굴을 확인하고는 신발 뒤축을 두어 번 툭툭 쳤다. 마주치고 싶지 않은데. 하지만 같은 아파트 옆 동에 살다 보니 선우를 등하원 시키는 길이나 동네 마트에 다녀오는 길, 혹은 쓰레기 분리수거를 할 때에도 가끔 얼굴을 보게 되었다. 유경이 먼저 발견했을 때는 언제나 길을 둘러가거나 잠시 건물 뒤로 숨어 피하곤 했지만, 주완 엄마는 유경을 보면 멀리서도 일부러 다가와 반갑게 인사를 하곤 했다. 유경은 그것이 무척 불편했고, 자신이 불편해 한다는 걸 인지하지 못하는 그녀가 싫었다. 눈치가 없다는 것은 악의만큼이나 나빴다. 상대를 괴롭히고 있다는 사실도 모른 채 무구하게 괴롭히므로 어쩌면 악의보다도 훨씬 나빴다.

선우 많이 컸네.

주완 엄마가 선우 쪽으로 손을 내밀자 아이는 유경의 뒤로 몸을 숨겼다. 유경이 그렇게 가르쳤기 때문이었다. 어른이 네 몸을 만지려고 하면 피해야 돼. 시작은 아파트 관리소장이 놀이터에서 아이를 볼 때마다 볼을 쓰다듬거나 엉덩이를 툭툭 치는 게 거슬려서였다. 너는 꼭 여자애처럼 피부가 하얗구나. 그런 말을 하면서 아이를 만지는 손길이 유경은 어쩐지 꺼림칙했다. 네 몸은 소중한데 누가 막 만지면 싫잖아, 그렇지? 아이는 처음에 유경의 말을 이해하지 못했다. 난 괜찮은데. 내가 귀여워서 그러는 거잖아. 귀여우면 귀엽다고 말로 해야 되는 거야. 좋은 어른은 남의 아이를 함부로 만지지 않아. 어떤 상황에서는 괜찮고 어떤 상황에서는 별로고, 하는 식의 예외를 두는 것에 대해 어려워하는 나이였기 때문에 유경은 아이에게 일반적인 원칙을 만들어주어야 했다. 가족 아닌 어른이 너의 얼굴이나 몸을 만지려고 하면 얼른 숨거나 피해. 아이는 자기가 잘못한 것도 없는데 왜 숨어야 하는지 잘 모르겠다는 표정을 지었지만 반복되는 엄마의 말을 자연스럽게 몸에 익혔다.

부끄러움 많은 건 여전하구나.

주완 엄마는 반달 모양의 눈으로 웃으며 손길을 거뒀다. 유경은 빨리 돌아서고 싶었는데 주완 엄마는 쉬지 않고 말을 했다. 유경이 건성으로 대답해도 거기에 말을 더하고 궁금하지도 않은 자신의 근황을 세

세하게 이야기했다. 그러더니 끝내 유경이 듣고 싶지
않은 말을 덧붙였다.

우리 교회 한번 와요. 와서 사람들도 좀 만나고. 매
일 그렇게 집에만 있으면 사람이 어두워져. 아직은 많
이 힘들겠지만 선우 엄마도 예수님 만나면 그게 다
주님 뜻이었다는 걸 알게 될 거야.

유경은 고개를 살짝 숙여 인사를 하고는 몸을 돌려
선우의 손을 잡아끌었다. 꼭 한번 와요, 하고 주완 엄
마가 다짐을 받듯 말하며 손을 흔들었다. 유경은 돌
아서서 입술을 깨문 채 선우의 손을 꼭 잡고 걸었다.
주님 뜻이라니. 할 수만 있다면 저 여자의 입을 아주
질긴 실로 꿰매어버리고 싶다고 생각했다. 신의 존재
를 믿지도 않지만, 설령 정말 있다고 해도 한 인간에
게 이런 고통을 안겨줌으로써 자신의 뜻을 보여주는
것이 신이라면 그건 너무 저급하고 나태한 것 아니냐
고 되묻고 싶었다.

중학생이 되면서 유경의 키를 훌쩍 넘어서버린 현
우. 자신이 낳은 아이를 올려다보는 일은 마냥 신기
하고 좋았다. 뱃속에 머무는 날짜를 다 채우지 못하
고 조금 작게 태어난 아이여서 행여나 발달이 더딜까
전전긍긍하던 시절이 있었기 때문에 어느 순간 한여

름의 대나무처럼 쑥 자라 그녀의 어깨에 장난스레 팔을 올리는 아이의 모습에 유경은 마음이 벅차오르곤 했다. 키가 커지고 턱에 까슬하게 수염이 돋고 목소리가 굵어졌지만 얼굴에는 아직까지 아기 때의 모습이 남아 있는 것도 신기했다.

현우는 여덟 살 아래인 제 동생을 살뜰히 챙겼다. 얼마 되지 않는 용돈을 아껴 선우가 좋아하는 과자를 사다 주었고, 유경이 집안일로 바쁠 때면 선우의 손을 잡고 놀이터로 가곤 했다. 중학생이 되면서 눈빛이 달라지고 통제 불능이 된 아이를 둔 사람들의 하소연을 들을 때면 유경은 사춘기엔 다 그렇죠 뭐, 하고 거들면서도 내심 안도했다. 현우는 그렇지 않았기 때문에. 앞으로도 사춘기 같은 건 겪지 않을 거라는 듯 내내 차분하고 따뜻하고 어른스러운 아이였기 때문에.

서둘러 떠나려고 그랬던 것일까.

유경은 나중에 그런 생각을 했다. 그렇게 가버리려고, 넘치도록 의젓하고 환했던 것일까. 혜성처럼, 곧 사라질 별의 유난한 반짝임처럼.

한동안 눈을 감는 것이 무서웠다. 눈을 감으면 자꾸만 기억의 태엽이 뒤로 감겼다. 그녀가 가장 후회하는 순간, 별다른 고민도 걱정도 없이 고개를 끄덕여주었던 그 순간이 자꾸만 떠올랐다. 그때 만약 허락해주지 않았더라면, 안 된다고 한마디만 했더라면, 그랬다면 현우는 그곳에 가지 않았겠지. 보내달라고 조르는 일도, 엄마 몰래 나가버리는 일도 당연히 없었을 것이다. 현우는 그런 아이였으니까.

그러니까 온전히 내 탓이다, 라고 유경은 자책하고 괴로워했다. 그러지 말라고, 그건 당신 탓이 아니라 아이의 명이 그뿐이었던 거라고 주위 사람들이 위로했지만 아무런 도움이 되지 않았다. 유경은 자신이 고개를 끄덕였던 오직 그 순간만을 후회했다.

엄마, 가도 돼? 꿈속에서 현우는 언제나 같은 질문을 했고 그녀는 손을 휘저으며 고개를 세차게 흔들며 안 된다고, 가지 말라고 붙잡았다. 하지만 아무리 소리쳐도 말은 소리가 되어 나오지 않았고, 그렇게 잠에서 깨면 매번 혼자 화장실에 가서 울었다.

유경은 전을 부치고 국을 끓였다. 계획에 없던 일이었기 때문에 급하게 장을 보고 음식을 준비해야 했다. 선우를 유치원에 보내놓고 멍하니 소파에 앉아 있던 그녀에게 형님이 전화를 걸어왔었다. 오늘 현우 기일이지? 조카의 첫 기일인데 우리도 가봐야 하지 않겠냐며 형님은 출발 시간을 일방적으로 통보했다.

아무것도 하고 싶지 않았고, 아무도 만나고 싶지 않았다. 아이의 첫 기일을 사람들과 떠들썩하게 보내고 싶지 않았다. 그녀에게는 하루하루가 오체투지 하듯 고통스럽고 긴 시간이었는데 이제 고작 일 년이 지났다는 사실이 절망적이었다.

그래도 굳이 온다는데, 현우의 기일을 기억하고 시간을 내어 와준다는데 거절하기는 어려웠다. 유경은 남편에게 전화해 형님 내외가 오기로 했다는 이야기를 전하고 물먹은 솜처럼 무거운 몸을 일으켰다. 진통제 한 알을 먹고 겨우 힘을 내어 집을 청소하고 장을 보고 음식을 준비했다.

그들은 현우의 사진 앞에서 잠시 묵념하고 식사를 했다. 식사 내내 주식과 부동산에 대해 열변을 토하던 시숙이 과일을 먹고 이를 쑤시며 말했다.

제수씨, 제가 예전에 둘째 꼭 가지라고 했었잖아요. 정말 잘한 겁니다. 선우가 있어서 얼마나 다행입니까. 이제 일 년이나 지났으니 제수씨도 현우 생각은 훌훌 털어버리시고….

말씀 함부로 하시네요.

아니, 제수씨….

선우가 현우 대용품도 아니고.

유경의 말에 모두가 당황스러워하며 조용해졌다.

오직 선우가 보고 있는 어린이 프로그램의 주제곡만 집 안의 분위기와 상관없이 경쾌하게 흘러나오고 있었다.

제수씨, 제가 그런 뜻으로 이야기한 게 아니잖습니까.

유경은 말없이 일어나 빈 그릇들을 싱크대 개수대로 옮겼다. 남편은 어색한 분위기를 무마해보려는 듯 양쪽의 눈치를 보며 아침 뉴스에서 보았을 법한 정치판 이야기를 꺼냈지만 이미 얼어붙은 공기는 깨지지도 녹지도 않았다.

동서, 너무하네.

그릇을 씻는 유경의 등 뒤에서 형님의 날 선 목소리가 들려왔다.

우린 그래도 동서 생각해서 여기까지 왔는데.

유경은 뒤를 돌아보지도 대꾸를 하지도 않고 계속 그릇을 씻었다. 아주 더러운 오물이라도 묻었던 것처럼 수세미로 문지르고 또 문질렀다. 갑시다, 하는 소리와 함께 형님 내외가 신발을 신고 문을 여는 소리가 들렸고, 어쩔 줄 몰라 아무 말이나 마구 쏟아내며 남편이 그 뒤를 따라갔다. 유경은 씻던 그릇을 개수대에 내려놓고 소파로 와서 털썩 주저앉았다. 그럴 생각은 아니었다. 그럴 생각은 아니었는데. 현우의 첫 기일이 엉망이 되어버렸다. 유경은 탈진한 표정으로 현우의 사진을 가만히 바라보았고, 선우는 영문을 모르겠다는 듯 그런 엄마의 모습을 물끄러미 쳐다보았다.

도무지 잠이 오지 않아 유경은 부엌으로 나왔다. 싱크대 위쪽 수납함을 열어 약을 모아둔 통을 꺼냈다. 유경은 병원에서 처방받은 약들 가운데 수면제를 따로 빼서 통 하나에 모아 두고 꼭 필요할 때만 먹고 있었다. 남은 약들이 빈 통 안에 차곡차곡 쌓였지만, 의사에게는 말하지 않고 늘 같은 양의 약을 받아 왔다.

통을 이리저리 움직이니 알약들이 차르륵, 차르륵, 하고 파도 소리를 냈다. 유경은 한 움큼의 약을 손바닥에 쏟아 골똘히 바라보다가 다시 손바닥을 둥글게 접어 약들을 통 안에 집어넣었다. 그리고는 마지막에 남은 한 알만 입에 넣고 물을 마셨다.

현우를 생각하면 죽고 싶었고 선우를 생각하면 살아야 했다. 때로는 살아야 한다는 당위보다 죽고 싶다는 욕망이 커지는 순간이 있었다. 그럴 때면 유경은 선우를 품에 안았다. 아이의 살냄새를 맡고 자신보다 살짝 높은 체온에 몸이 데워지면 마음을 조금

가라앉힐 수 있었다.

　유경은 식탁 위에 있는 손 모양의 석고를 조심스럽게 쓰다듬었다. 두 손을 팔씨름 하듯 맞잡은 모양의 하얀 석고로, 현우가 열 살 무렵이었을 때 주민 센터에서 주관하는 체험 수업에 함께 가서 만든 것이었다. 본을 뜨기 위해 분홍색 알지네이트 반죽 속에 둘이 맞잡은 손을 넣고 오 분 정도 가만히 있어야 했다. 유경은 현우의 덜 여문 손을 꼭 잡고 그 반죽 속에 머물던 순간을 떠올렸다. 아, 느낌 이상해. 그러면서도 현우는 손가락 하나 움직이지 않고 주어진 시간을 잘 견뎠다. 시간이 멈추었던 것 같은 그 순간. 분홍 반죽 속에서 서로의 손을 맞잡고, 얼굴을 가까이 맞대고 킥킥거리며 웃었던 그 순간. 남은 기억들은 모두 인터넷 화면에 뜨는 동영상 클립처럼 짤막하게 편집되어 버렸지만, 유경은 그렇게 토막난 기억들이라도 희미해지지 않도록 자꾸 떠올렸다.

　놓아줘야지. 계속 그렇게 생각하면 애가 못 떠나.

　현우의 물건들을 버리지 못하고 시시때때로 만지고 쳐다보는 유경에게 남편은 그렇게 말했다. 하지만 유경은 놓을 수가 없었다. 모두가 현우를 잊어가는데, 이제 과거에 있었던 한 존재로만 짧게 이야기될 뿐인데, 자신마저 그럴 수는 없다고 생각했다.

유경은 석고의 손가락 하나하나를 만져보았다. 이렇게 작았었구나. 중학생이 되고 그녀보다 커다래진 현우의 손을 유경은 제대로 꽉 잡아본 적이 없었다. 아이의 몸은 그녀가 알아채지 못하게 조금씩 자라나다가 어느 순간 유심히 보면 훌쩍 커져 있었다. 언제까지나 그런 기쁨을 누릴 수 있을 줄 알았다. 어른이 될 때까지, 손을 잡아볼 시간은 충분할 줄로만 알았다.

선우를 유치원 차에 태워 보낸 후 유경은 버스 정류장으로 향했다. 일주일에 한 번 있는 드로잉 수업에 가는 날이었다. 특별한 재능이나 흥미가 있는 것은 아니었지만 뭐라도 하지 않으면 마음이 더 망가져버릴 것 같아서 한 회기도 빠뜨리지 않고 꾸준히 다니고 있었다. 정류장에 서서 버스를 기다리며 도로를 멍하니 보고 있는데 누가 어깨를 툭툭 쳤다. 규원 엄마였다.

어디 가요?

아, 네…. 잘 지내셨어요?

나야 뭐 항상 똑같지요. 현우 엄마도 얼굴 좋아 보이네. 전엔 살이 하도 빠져서 그렇더니만.

현우가 그렇게 된 후로 이웃들은 늘 그녀의 행색을

살폈다. 염색 시기를 놓쳐 새치가 군데군데 보이거나 화장을 하지 않고 나간 날에는 얼굴이 너무 안 좋아 보인다며 걱정을 했고, 살이 좀 올랐거나 깔끔하게 단장하고 나간 날에는 이제 좀 괜찮아 보여 다행이라고 했다. 겉으로 보이는 것만으로 마음을 다 안다는 듯이 그러는 이웃들의 쉬운 말들이 불편해서 유경은 점점 더 사람들을 피해 다니게 되었다.

저기, 현우 엄마, 내가 안 그래도 할 말이 있었는데, 지금 만난 김에 이야기 좀 할게요.

이렇게 예고를 하고 시작하는 말 중에 좋은 것은 한 번도 없었다는 생각을 하며 유경은 고개를 끄덕였다.

우리 단톡방 있잖아요, 거기서 좀 나가줬으면 좋겠어.

현우가 초등학교에 입학했을 때 함께 교통봉사를 했던 엄마들끼리 만든 모임이 있었다. 나중에 서로 반이 달라졌어도 처음 결성한 학부모 모임이라는 애틋함 같은 것이 있어서 정기적으로 식사 모임을 갖고 아이들 생일 파티도 열어주었다. 초등학교를 졸업하고도 모두 같은 중학교에 진학했기 때문에 대표 역할을 맡고 있는 규원 엄마가 단톡방을 계속 유지하겠다고 했고, 엄마들은 그 안에서 학습 정보를 공유하거나 아이들에 대한 이야기를 나누곤 했다. 유경은 현우가 그렇게 되고 나서도 단톡방의 글들을 빠짐없이 읽었고 간혹 아이들 사진이라도 올라오면 오래도록 바라보았다. 현우가 살아 있었다면 그녀 역시 고민했을 문제들, 웃고 감탄했을 일들, 그런 것들을 보는 것만으로도 조금은 위안이 되었다.

사람들이 불편해해요. 현우 엄마도 거기 올라오는 글 다 보고 있는데, 애들 이야기하고 웃고 하기가 아무래도 좀 그렇지. 무슨 말인지 이해하죠? 내 말 서운하게 듣지 말고.

그냥… 저 빼고 다시 만드세요.

응?

단톡방요. 저는 안 나갈 거니까 저 빼고 다시 만드시라구요.

규원 엄마는 유경의 말에 당황스러운 표정을 지으며 말을 잇지 못했다. 그때 마침 유경이 타야 할 버스가 왔고, 그녀는 형식적인 목례를 하고는 차에 올라타서 맨 뒷좌석에 앉았다. 단톡방의 글들을 거슬러 올라가면 현우의 사진도 있고 현우에 대한 이야기도 있었다. 살아 있는 아이들의 사진과 이야기야 끊임없이 새로 생성되겠지만, 현우에 대한 것은 영원히 그 시간에 멈춰 있을 것이었다. 모두에게 사소한 잡담이었을지 모르는 이야기들도 그녀에게는 유품처럼 남아 있는 것이어서 그중·단 하나도 잊고 싶지 않았다. 그런데 나가달라니. 참았던 눈물이 툭, 하고 무릎 위로 떨어졌다.

유경이 설거지를 끝내고 방으로 들어왔을 때 선우는 블록으로 성을 만들고 있었다. 유경의 얼굴을 보자 선우는 자신이 만든 성에 대해 신이 나서 설명했다. 여기는 기사들이 지키는 문, 여기는 드래곤이 자는 방, 여기는 왕이 있는 곳, 그리고 여기는 보물 창고…. 유경은 선우의 옆에 쪼그리고 앉아 가만히 설명을 들었다.

엄마, 보물 창고 안을 보여줄까? 진짜 보물이 있어.

유경이 고개를 끄덕이자 선우는 납작한 판으로 덮어놓은 사각형 우물 모양의 보물 창고를 열어 보여주었다. 하얗고 작은 보물들. 유경은 얼굴을 가까이 가져가 그것이 무엇인지 확인하고는 얼굴이 굳어버렸다. 현우의 유치였다.

선우야, 너! 엄마가 형 책상 만지지 말랬지!

유경은 견딜 수 없는 마음이 되어 선우에게 소리를 질렀다. 그녀의 표정과 목소리에 선우는 잔뜩 겁먹은 표정을 지었다.

엄마, 부수지 마.

유경은 그녀 쪽으로 팔을 뻗는 아이를 밀치며 보물창고를 무너뜨리고는 그 안에 있던 현우의 유치를 꺼냈다. 선우는 엉덩이를 바닥에 찧으며 주저앉아 울음을 터뜨렸다.

현우의 조그맣고 하얀 이 스무 개. 이가 하나씩 빠질 때마다 유경은 이빨 요정이 다녀갔다며 베개 밑에 작은 선물을 하나씩 놓아주곤 했었다. 어느 정도 크고 나서 요정 역할을 한 것이 누구인지 알게 되었을 때도 현우는 이번엔 요정이 무슨 선물을 가져올까, 하고 너스레를 떨었다. 유경은 현우의 이를 하나하나 손바닥에 주워 담았다. 매일 닦아두는 현우의 책상 아래 서랍장을 열어 그것이 담겨 있던 작은 유리병을 꺼냈다. 손바닥에 있던 유치들을 유리병 안에 넣자 서로 가볍게 부딪치는 소리를 내며 하얀 이들이 고스란히 제자리를 찾았다. 유리병을 다시 서랍장 안에 넣고 문을 닫고 나니, 유경의 눈에 비로소 울고 있는 선우가 보였다.

엄마, 미안해. 잘못했어요.

서럽게 훌쩍거리는 선우를 유경은 꼭 끌어안았다. 또 후회할 일을 하고 말았다는 자책이 밀려왔다. 아직 어린앤데. 그냥 웃으면서 이야기해도 됐었는데. 또

다시 선우에게 무서운 엄마로 돌변하고 말았다. 이 아이에겐 세계의 전부인 엄마가 괴물 같은 표정을 지었으니, 세상이 송두리째 두려워졌을 것이다. 두고 두고 그 순간이 아프고 먹먹할 것이다. 유경은 자신의 손으로 부수어버린 보물 창고를 가만히 바라보았다. 결국 모든 것을 망쳐놓는 건 자기 자신인 것만 같았다.

가지 말라고, 힘을 주어 외쳐도 입 밖으로 나오지 않는 목소리. 잡으려고 아무리 애를 써도 멀어져가는 그 모습. 웃으면서, 봄꽃처럼 환하게 웃으면서, 희미하게 사라져가는 얼굴. 아이의 이름을 부르려고 목에 힘을 주다가, 어깨를 잡으려고 손을 휘젓다가, 유경은 또 잠에서 깨고 말았다. 그녀는 살며시 방문을 닫고 나와 화장실에 가서 소리 죽여 울었다.

언제쯤이면 너를 소리쳐 부를 수 있을까, 언제쯤이면 너를 붙잡아 와락 껴안을 수 있을까. 영영 그럴 수 없다면… 대체 언제쯤 너를 놓아줄 수 있을까.

유경은 현우의 얼굴을 떠올렸다. 살아 있을 때의 생기 넘치고 날렵해 보이는 그 얼굴만 기억하고 싶었는데 자꾸 경찰과 함께 확인했던 마지막 모습이 생각났다. 살아가는 동안 대부분의 기억들은 스스로 삶을 견디기에 유리한 쪽으로 편집되기 마련이었는데, 아이에 대한 기억만은 그렇지 못했다.

현우는 바다에서 실종된 지 사흘 만에 해경에게 발견되었다. 바닷물에 퉁퉁 불어버린 얼굴에서 현우의 모습을 찾을 수가 없었기 때문에 처음에 유경은 아니라고, 아닐 거라고 고개를 흔들었다. 하지만 현우가 좋아하던 브랜드의 로고가 새겨진 하얀 티셔츠, 그녀가 직접 골라주었던 검정색 스윔 팬츠, 그리고 왼쪽 손목에 끼워져 있는 나비 팬던트의 매듭 팔찌를 확인했을 때 유경은 바닥에 주저앉아버리고 말았다.

아이들은 그날 바닷가에서 때 이른 물놀이를 했다. 초여름이긴 해도 한낮의 햇살이 무척 뜨거웠기 때문에 물속에서 놀기는 나쁘지 않았을 것이다. 턱에 거뭇한 수염이 자라기 시작하던 사춘기 남자 아이들은 주체할 수 없이 끓어오르는 열기를 식혀줄 뭔가가 필요했고, 초여름의 해수욕이란 그들이 고를 수 있는 선택지 중에서도 매우 건전하고 건강한 것이었다.

아이들은 허리 정도까지 오는 물에 몸을 담그고 누군가가 챙겨 온 고무공으로 배구를 했다. 변성기 소년들의 설익은 목소리가 해변에 울려 퍼졌을 것이고, 그곳을 지나던 어른들은 벌써 물놀이라니 참 좋을 때다, 하고 두런거렸을 것이다. 고무공은 아이들의 손에 맞고 이리 둥실 저리 둥실 떠올랐다가 초여름의 햇살을 뜨겁게 받으며 아래로 내려왔다. 그러다가 한 아이가 토스한 공이 빗나갔고 아이들이 있던 곳에서 꽤 멀리 떨어져 버렸다. 그 공을 잡기 위해 현우와 도원이가 좀 더 깊은 쪽으로 들어가게 되었는데, 그래도 발이 닿지 않을 정도의 깊은 곳은 아니었다. 둘이 거의 동시에 공을 잡으려던 순간 너울성 파도가 아이들을 덮쳤고 순식간에 그 둘은 거센 물살에 휩쓸려 가 버렸다.

해수욕장 개장 전이었기 때문에 바닷가에 안전요원은 없었다. 수영을 할 줄 아는 아이 둘이 친구들을 구하겠다고 깊은 곳으로 헤엄쳐 갔고 나머지 아이들은 백사장으로 뛰어나와 신고를 했다. 구조대원이 도착했을 때는 친구를 구하러 들어갔던 아이들마저 높은 파도 속에서 허우적대고 있었다. 그들은 곧 구조되었다. 의식을 잃은 채 발견되어 병원으로 옮겨진 도원이는 상태가 심각하다고 했었지만 의료진의 노력 끝에 열흘 만에 의식을 되찾았다. 오직 현우만 다시 돌아오지 못했다.

그 일은 지역 신문과 뉴스에 여러 번 보도되었다. 살아남은 아이들을 인터뷰했고, 유경과 남편에게도 인터뷰 요청이 들어왔다. 남편은 점잖게 거절했고 유경은 말없이 전화를 끊어버렸다. 방금 아이를 잃은 부모에게 인터뷰라니, 사람들은 잔인하고 집요한 데가 있었다. 인터넷에 올라온 기사에는 부모를 탓하는 댓글과 그에 반박하는 댓글이 수두룩했다. 애들끼리 바다에 보내다니 부모 잘못이다, 어느 부모가 중학생을 따라다니냐 애 안 키워봤냐, 다른 데는 몰라도 애들끼리 바다에 간다면 말렸어야지 부모가 생각이 없는 거다, 그 나이 애들이 말린다고 말려지는 줄 아냐 애나 키워보고 얘기해라 결혼도 못한 찐따 새끼야. 그렇게 시작된 댓글들은 결국 서로에 대한 인신공격으로 이어졌고 그 말들 속에서 아이의 죽음은 그저 흔한 가십거리밖에 되지 않았다.

유경은 다용도실에 방치된 채 썩어가는 사과를 모조리 검은 봉투에 담았다. 최상품이라고 표시된 사과에는 진물이 흘렀고 날파리들이 그 주위를 맴돌고 있었다. 싱싱했던 과일이 죽음의 냄새를 풍기기까지는 그리 오랜 시간이 걸리지 않았다.

사과는 도원네서 보내온 것이었다. 백화점 포장지에 곱게 싸여 배달된 사과 상자에는 도원 엄마가 쓴 메시지 카드 하나가 들어 있었다. 곧 현우 기일인데 상에 과일이라도 하나 올리고 싶은 마음에 보내요.

우리 도원이가 현우 많이 그리워한다고 전해주세요.

유경은 리본이 그려진 종이 카드를 구겨서 쓰레기통에 버렸다. 당신의 아이는 살았잖아. 살아서 당신 옆에서 숨 쉬고 말하고 먹고 웃고 그러겠지. 내 아이는 죽었는데. 이 세상에 없는데. 사과를 먹을 수도 없고, 친구가 그리워한다는 말을 들을 수도 없는데. 이 세상에 없는 아이에게 무슨 말을 어떻게 하라고. 유경은 사과 상자를 다용도실 구석에 갖다 놓고는 그 옆에 주저앉아 소리 죽여 울었다.

현우의 죽음이 다른 아이들의 잘못이 아니라는 것을 알면서도 유경은 남편에게 여러 번 물었다. 누가 먼저 바다에 가자고 했을까? 공은 누가 가져온 거야? 공을 멀리 쳐버린 아이는 누구였대? 현우는 수영을 잘하는데 왜 못 나왔을까? 도원이는 수영을 못 한다고 했잖아? 그 애가 허우적대다가 현우를 잡아당긴 것 아닐까? 함께 있었던 아이들 탓을 하며 그 아이들을 미워하고 원망하다가 끝내 화살은 자신을 향했다. 내가 허락해주지만 않았더라면. 내가 고개를 끄덕이지만 않았더라면. 그날, 그 짧았던 순간을 잠시만 되돌릴 수 있다면.

그건 누구의 탓도 아닙니다.

그렇게 말하며 젊은 의사는 약을 몇 가지 처방해

주었다. 의사는 유경의 이야기를 귀담아 듣고 고개를 끄덕이며 공감해주고, 그것은 당신의 탓이 아니다, 라는 메시지를 전해주려 애썼지만 그런 상담 과정은 그녀에게 별로 도움이 되지 않았다. 오히려 잊고 싶은 기억들을 자꾸 상기시켜 괴로움이 증폭되곤 했다. 다만 유경에게 도움이 된 것은 작은 알약들이었다. 약은 물리적으로 그녀의 몸을 이완시켰고, 수없이 뻗어나가는 생각의 가지들을 잘라냈으며, 들쑥날쑥한 감정들을 일정한 폭으로 조절했다. 그래도 가끔 그 틈새로 삐져나오는 것들까지는 어찌할 수가 없었다.

유경은 검은 봉투에 담은 사과를 가지고 아파트 쓰레기 집하장으로 내려갔다. 음식물 쓰레기통을 열고 사과를 쏟아 부었다. 그 속으로 사과가 둔탁한 소리를 내며 떨어졌고, 썩어가는 음식물의 냄새가 순식간에 올라와 그녀의 속을 뒤흔들었다.

시계는 네 시를 가리키고 있었다. 새벽의 고요한 공기 속에서 초침 움직이는 소리만이 확장되어 들려왔다. 수면제를 뺀 채로 약을 먹은 날은 잠이 들었다가도 꼭 이 시간 무렵에 깨고 말았다. 한번 눈이 떠지고 나면 다시 잠들기가 어려워서 유경은 살그머니 방에서 나왔다. 물을 한 잔 마시고 가방에서 스케치북과

연필을 꺼냈다. 드로잉 수업에서 내준 숙제가 있었기 때문에 그것으로 시간을 보낼 작정이었다.

과제로 제출할 몬스테라 화분 스케치를 다 끝내고 그녀는 스케치북 맨 뒷장을 펼쳤다. 그곳에는 그리다 만 얼굴이 있었다. 코와 입은 그렸는데 눈이 아무래도 닮지 않아서 그렸다 지우기를 반복하느라 그 부분만 연필 자국이 거뭇하게 남아 있었다.

좀처럼 완성되지 않는 얼굴. 자신의 기억 속 현우 얼굴도 점점 그렇게 되어가는 것 같아서 유경은 두려워졌다. 자신에게조차 잊히고 그렇게 영영 사라져버릴까 봐 그녀는 기억에서 희미해져가는 현우의 얼굴을 애써 부여잡았다. 자꾸 떠올리고, 사진을 보고, 이름을 불렀다. 현우야. 응, 엄마. 언제나 다정하게 대답했던 그 목소리. 이렇게 될 줄 알았다면 더 자주 부를 것을. 더 자주 이름을 부르고, 더 자주 얼굴을 보고, 틈만 나면 손을 잡고, 매일 아침 안아주는 건데. 후회는 끝이 없었다. 돌이킬 수 없는 시간들은 여물게 벼린 칼날이 되어 매일같이 그녀를 난도질했다.

유경은 싱크대 수납장에서 약통을 꺼냈다. 차곡차곡 모아둔 약들이 벌써 반 통 이상 채워져 있었다. 누구도 알지 못하는 일이었다. 그녀의 마음속에서 간혹 폭풍처럼 일곤 하는 충동에 대해, 몸과 마음이 온통 슬픔으로 가득 차 아무것도 제대로 생각하지 못하게 되는 순간에 대해서 말이다. 그런 것에 대해서는 담당 의사에게도 말한 적이 없었다. 의사는 약을 처방대로 잘 복용하고 있는지 가끔 물어 왔지만, 그렇다고 대답하면 그뿐이었다. 가끔 통 안에 든 알약을 모조리 쏟아내어 개수를 세고 한 움큼씩 손에 쥐어볼 때가 있었고, 그 감각은 그녀의 손에 아주 오래 남아 있었다.

유경은 발코니로 가서 창문과 방충망을 열었다. 안전난간에 손을 올리고는 상체를 바깥으로 길게 빼 아래를 내려다보았다. 인적 없는 길 위를 희미한 여명이 비추고 있었다. 한참을 그러고 있던 유경은 엄마, 하고 부르는 소리에 서둘러 몸을 바로 세우고 뒤를 돌아보았다. 어두운 거실 한가운데에 선우가 눈을 비비며 서 있었다.

엄마, 왜 거기 있어?

유경은 거실로 돌아와 무릎을 꿇고 앉은 채 선우를 꼭 껴안았다. 방금 잠에서 깬 아이의 몸은 이불속처럼 따뜻했고, 보드라운 두 볼에서는 달콤한 냄새가 났다. 눈물이 흐르는 것을 아이에게 들키지 않으려고, 그녀는 아이를 안은 두 팔에 좀 더 힘을 주었다. 아이는 연신 하품을 하면서도 자신의 몸을 온전히 그녀에게 내어준 채 가만히 서 있었다. 거실은 아직 어두웠고, 아침은 아주 느리게 오는 중이었다.

작가의 말

이 이야기들을 쓰는 동안 자주 아팠다.

마음에서 비롯된 문제는 쉽게 몸으로 옮겨갔다.

두통과 복통에 시달리고 잠을 잘 자지 못했다.

온갖 약들에 의존하며 겨우 버텨내던 불면의 밤을,
나는 글쓰기를 통해 위로받았다.

읽고 쓰는 일이란 언제나 나를 견디게 해주는 힘이
었다.

아주 오래전부터 지금까지.

그리고 아마 앞으로도 그럴 것이다.

이제 한 권의 책으로 묶여 세상 밖으로 나가는 여
덟 편의 소설이, 독자들에게도 작은 위안을 줄 수 있
었으면 좋겠다.

수록작품 발표지면

어딘지도 모르고 … 『좋은 소설』 2018 가을호 수록작

조금 언성을 높였을 뿐 … 『좋은 소설』 2017 봄호 수록작

오후 네 시의 동물원 … 『작가와 사회』 2018 봄호 수록작

사라진 아이 … 무크지 『쨉 Vol.7 탈진』 2019 수록작

한 겹의 세계 … 미발표작

양의 울음 … 미발표작

카빙 … 『주변인과 문학』 2019 가을호 수록작

아침은 느리게 온다 … 미발표작